〝二の舞いを演じるな〟物語

庵原高子

田畑書店

〝二の舞いを演じるな〟物語◎目　次

〝二の舞いを演じるな〟物語

序章

「ごきげんよう」

という挨拶が交わされ、会場の席に座った途端、

「あなた幼稚園のとき、威張っていたわ」

とかつての級友加瀬葉子に言われた。

「そうね、そう、確かに」

須江子は反論もせず何度も頷いていた。その首の動きが脳を刺激したのか、少しずつ昔の記憶がよみがえり、いつにない手応えを感じていた。

令和六年三月初旬、梅は白い花を咲かせたが、桜はまだ蕾のままという季節の変わり目で

あった。銀座のM会館で開かれた白薔薇学園のクラス会、そのランチのコースは今、チョコレート色鮮やかなデザートが運ばれていた。コロナ禍で四年ほど空いて、去年からの再開はTホテルの老舗で、約四十人集まったが、今年はその半分の数になっている。無理もない。去年は米寿の年で今年はさらに一歳老いているゆえ、出席できない事情も増してくる。しかし老いたとはいえ女性たちの会話は途切れることなく続いていた。話は幼稚園時代から、当時は国民学校と呼ばれた戦時中の話、疎開児童時代の話……、と思うと、つい最近の病院で受けた定期検診の話に飛んでくる。

須江子は二年まえに夫泰男を亡くしたが、九十代の夫君が健在の友もいる。財閥の家に嫁いだ伊戸余志子は、日々足の悪い夫君の世話をしていると話す。しかし余志子はその愚痴は一切言わず、「今朝主人に、何を食べさせたか、今はもう忘れてしまっているの」と、自分の記憶の薄れを笑って話す。老いても女の〝園〟の賑やかさは消えることがない。少なくとも、幼稚園から高校までの十四年は学園で顔をあわせていた仲間だ。現在は四年制の大学まであるが、当時は専攻科（後の短大）しかなかった。

飛び交う話を耳にしながらも、須江子は幼稚園時代のことを回想しはじめている。

……高校生のころ、〝園〟のなかで交わした会話の一つに、

「何故威張っていたの」

「だって私、幼稚園の年長組を留年して、元気を持てあましていたの」

「何故、留年したの」

「母に、そうしなさいと、言われたから」

「それだけ?」

「そう」

「変な話ね」

「そう、変な話」

がある……。

確かに今でも首を傾げる、不可解な話に思えると同時にその意味は〝奥が深い〟と思われる。

……あの黒地の襟と袖そしてネクタイ風の前飾りに白い縫い取りがあり、前襟の中央に校章のある制服は、地味という意味でも独特な印象の制服であった……。

校舎と校庭が広く、春の薔薇と秋の菊の香りを混ぜたような甘酸っぱい香りのする〝園〟での留年から、須江子の人生がはじまったように思えてならない。それにもかかわらず、その答えを追求し、確かなものを得たとは思えない。中途半端のまま放置していたのである。このままで良いのか。内面に疼くものが感じられる。見た目も味も良いデザートは、皿の大きさの割には量が少ないのですでに胃のなかに収まっている。

「これは、〝二の舞を演じるな〟物語よ」

そんな言葉が喉の奥で空回りする。大声で叫びたいが、そんな気力もない。その日は、

「また来年、お元気で」

と言って級友たちと別れた。

帰りの車中、多摩川の橋を渡るころになっても、

〝あなた幼稚園のとき、威張っていたわ〟

という声が消えなかった。そして戦後の居住地となった鎌倉市に着いた。かつて鎌倉は実家の別荘地であった。そのことだけでも複雑な思いが多くある。

以来、記憶の粒を拾い、文字に記しながら、息を吹きかけてみたい、と思うようになった。確かに言えるのは〝園〟が須江子の出発点だった、ということだ。出発を書かなくてどうして人生の旅が書けるのか。さあ、あの留年とその後に向かいあってみよう。

一　階段の途中に座って

昭和十五年といえば、その前年の九月に第二次世界大戦がはじまった年である。日本においては神武天皇即位から二千六百年に当たる祝年と言われ、

〝紀元は二千六百年……〟

という奉祝国民歌が作られ、歌われた年でもある。東京市麹町区麹町の一画に住む幼い娘に、〝戦争〟という言葉はまだ切実に響いて来てはいなかったが、日本の軍国主義は日に日に深まってきていた。

……あの三月の末、須江子は一階の広い台所に繫がる階段の途中、恐らくしたから四段目あたりに座っていた。滑り止めなのか、細い敷物が左右にピンで留められている階段で、腰には温かい感触があった。台所に近い階下の溜り場から送られてくる、当時〝女中〟と呼ばれていた三人の若い使用人たちの誉め言葉を、肩をすくめたりしながら、照れ笑いを浮かべて聞いていた。

「四月から一年生になると思っていたら、もう一年幼稚園生を続けるのだって。驚いたわ」

「それも、神様の〝おぼしめし〟と思って、ですって、偉いわねえ、須江子ちゃん」

「全ては、神様の、おぼしめし、なのでしょう」

「おぼしめし、と聞いて、はいと言ったの」

「そう」

須江子は大きく頷く。

「立派、りっぱ」

あの場には当時使用人たちに〝頭《かしら》〟と呼ばれていた〝おせい〟はいなかったように記憶する。おせいは、須江子が生まれたときからの担当者で、母が教会婦人会の仕事（そう聞かされていた）で忙しいとき、須江子を寝かしつけてくれ、以来その役割を続けていた。

母親のたね子はカトリック信者で、須江子は生後三ヶ月で母の腕に抱かれて洗礼を受けている。幼稚園年少組のころから、近くの麹町教会の、幼児のための公共要理に通わされていたが、担当の神父は絵本を手に持って話をしてくれたので、（思し召し）という漢字もまだ書けず、言葉の意味も分からなかった。ただ一つ、この言葉を耳にするとき、〝ぼし〟という音《おん》から夜空に輝く星を連想していた。当時二階の物干しから見える山の手の空は澄んでいて、星はとても綺麗に見えた。


どうしてあのとき、泣いたり怒ったりしなかったのか。しかも若く新米の使用人たちに褒められて一人前に照れるなんて……、数え年七歳（満六歳）にしては、可笑しな話だ。須江子は二月二日生まれつまり早生まれだが、きたる四月の進学が正規の入学だった。

「幼稚園を、もう一年おやりなさい」

留年の話は、茶の間の座布団に座る母からの申し渡しであった。二月の末だったが、すでに襖越しの客間には雛人形が飾られていて、桃の花の色が日に照らされて微かに光って見えた。

和服の襟を重ねた、その喉からでる母の声は男性のように太く、須江子はその声に圧倒され、

「はい」

と答えを返してしまった。かなり以前からそんな空気もあったような気がしていた。

「多見子姉さんの、二の舞を演じないように、と思ってのことです」

母ははっきりとそう言った。

〝二の舞〟って、どういう意味？

同じことをする、という意味かしら……〝

姉たちと一緒に、南佐久間町というところで坂東流の日本舞踊を習っていた。それも健康のためと母に連れて行かれた場所だが、それによって〝舞う〟という言葉の意味は理解できた。しかし疑問は空まわりするばかりで、言葉にならなかった。なにか別の力が働き、承諾の声が飛びだした。母はそれを聞いて
「分かったのだね。うん、うん」

と頷いていた。それから立ちあがり部屋を後にし、姿を消した。

その後その話が、兄や姉たちにそして使用人たちに伝わっていったと思われる。四姉多見子は始終熱をだしたり、腹くだしをしたりして学校を休み、往診の医者を呼ぶこともあった。勉強が遅れるのを心配する母は、袴姿に髪の毛を後ろにまとめた〝上村先生〟と呼ぶ女性を家庭

教師にと頼み、それは未だに継続していた。

〝二の舞を演じる〟の意味を教えてくれたのは長姉登紀子だった。

「それはね、雅楽の曲『安摩』からきている言葉よ。最初の舞を踊った後に、滑稽な二の舞が始まる。爺さんと婆さんの可笑しな舞なのよ。それで、まえの人の真似をして失敗することを、そう言うように……」

登紀子は、すでに神保町で古書店経営の直井晴雄と結婚していた。店の棚には多くの書が、ぎっしりと並んでいた。

「フランス語の本もあるわよ。主人が読むの」と教えてくれる。義理の兄に当たる晴雄はカトリック信者で読書家でもあったが、平素は笑顔を見せない無口な男性であった。すでに須江子と二歳違いの男子晴彦を授かっていて、その子にとって須江子は叔母に当たるのだった。

明治の末に、十一歳年上の男性と見合い結婚した母たね子は、子供を五人立て続けに産んだ。男子二人女子三人だが長男は麻疹で亡くした。東京麴町の電車通りに面した鈴田商店という名の羅紗商の家に住み、悲しみと残る子供、次男将一、長女登紀子、次女加也子、三女光江の世話と店の手伝いで忙しい最中に、あの真昼の大揺れ、大正十二年九月一日の関東大震災が起きた。下町で火災が起き、その炎から逃げてくる人々の数は、行列や塊になるほど多かった。たね子はその人たちに衣類（下着やゲートルなど）を提供するために、朝昼晩ミシンを踏んだ。いや、それは主人五吉の、命令でもあった。

「人助けだ、働け」

そう叫んでいた。受け取った札は小さな金庫のなかにはいりきらない程になった。年内はほぼ夢中で過ごした。年が明け三が日が過ぎ、女正月と言われる十五日が過ぎた日、突然咳きこみ熱をだしそのまま寝こんだ。医師の診断の結果〝肺浸潤〟と分かった。節分の豆まきに参加することも叶わず、二階の六畳間で療養することになる。布団のなかで寝たり起きたりしていた早春のある日、見舞い客が訪れた。

「たねちゃん、お具合は、如何ですか」

聞き覚えのある声が耳にはいった。慌てて身体を起こしたたね子に、

「寝たままでいいのよ、顔を見にきただけなの。私よ、山田逸《いつ》」

「まあ、逸ちゃん」

逸ちゃんは神田千桜小学校時代の同級生だった。二人の家も近く、逸ちゃんとは学校の帰りに駄菓子屋に立ち寄り飴を買ってしゃぶり、休みの日に芝居見物に行く、気のあう遊び友達でもあった。たね子は喜んで迎えた。逸ちゃんは昔のようにふざけた話でもするのかと思っていたら……。一度離縁されて再婚をするという運命に翻弄されたという話から、真面目な顔でた

ね子に、

「たねちゃん、病気が良くなったら、三崎町の神田教会に行くと良いわ」

と言った。

「教会って、キリスト教の」

「そう、カトリック教会よ」

「カト、リック……、どうして、そこが良いの」

と訊ねると、

「心が休まるわ」

という返事があった。妙な気がしたものの、幼馴染の逸ちゃんの言うことなら……、と思い直した。レントゲン上の陰も消えて、医師の許可をもらったある日、たね子は逸に連れられてその神田教会を訪れ、フランス人神父シェレル師に出会う。外国人神父に会うという恐怖心はなかった、と後に話している。たね子は新しい物好き、さらに行動派の女性でもあった。十一歳年上の夫五吉の言いなりに今日まで生きてきた経緯を話した。それが病の原因とも思えたからだ。シェレル神父は、根気強くたね子の話を聞いた後、

「一度ご主人を、うえから見てごらんなさい」

と言った。

「うえから、ですか」

「そうです。青い空の雲に乗っているような気持ちで」

「雲のうえ、ですか」

「そうです」

「そこから、主人を眺めるのですか」

「その通りです」

　これまでそんなことは考えたこともなかった。〝嫁しては夫に従う〟と教育されてきた時代であった。しかも十一歳年上の夫である。

　シェレル神父の話をさらに聞きたくなり、カトリック教義を学ぶことになり、半年後に洗礼を受けた。着物姿で、シェレルというお名を発音通りに言えないままに、ローマ教皇を首長に仰ぐ教会のカトリック信者になった。


　……それから母はどうしたか？　もちろん日曜のミサには熱心に通い、祈りを捧げるため、何かの種を繋ぎ合わせて作ったと思われる濃い茶のコンタツ（ロザリオ）を肌身離さず持っていたが、驚くことに昭和の時代になってさらに三人の子供を産んだのである。当時教会ではバースコントロールを禁じていたが、健康や経済に問題があれば従わずとも良かったはずだ。

昭和四年、七年、九年に生れた子供は三人とも女子であった。うえにも姉たちがいたので、次は男子をと願う家族のなかで誕生した女子で、周囲に失望を与えた赤子であったと聞いている。そのなかで早生まれが二人いた。四女の多見子と六女で末娘の須江子である。あいだに五女の安佐子がいるが、十月生まれで、この春白薔薇学園の小学二年生になる。

……この話を成長した須江子が人に話すと〝まあお母さま、お元気でしたねぇ〟と答える人が多く、〝お父さまがお元気で〟と言う人は少ない。他の人はただ笑っているだけである。

関東大震災、その後の発病という事情が存在したとはいえ、三姉光江の誕生と、四姉の多見子の誕生のあいだが十二年も開き、同じ干支の巳年なのは驚きと同時に不自然でもあった。しかも母は後妻ではなく、全員同じ両親の子供である。家のなかの些細な事柄を人に話しても、一度では通じないこともあった。やむを得ず母は、明治大正期に産んだ子供を、

〝第一部の子供たち〟

昭和に産んだ子供を、

〝第二部の子供たち〟

と呼ぶようになった。

芝居見物が好きだった母は、歌舞伎座入場と共に手にするそのプログラムから、一部二部の言葉を使ったと思われる。

「多見子は、早生まれで入学したのが悪かった。遅生まれのひとたちより、育ちあがっていなかった」

母は折に触れて、〝早生まれ〟を口にするようになっていた。実際には病が回復したといっても、妊娠出産に必要な体力が伴わなかったことが原因と思われるが、何故か早生まれにこだわっていた。多見子が産声をあげたときの体重も標準より少なかったと聞く。

すでに四十代後半の年齢になり、震災当時より店も繁栄したこともあり、少し肥えて貫禄十分な母に須江子は否も応もなく従っていた。

もちろんそのころ、二十一世紀になって人びとが口にするようになった〝人それぞれ〟〝多様性〟などという言葉は生まれていなかった。たね子にもその意識はなかったと思われるが、母親として末娘須江子の将来を案じていたことは確かだ。

二　ジャンヌ・ダルクの銅像

須江子は細身の子供だったが、多見子と違って元気の良い子供だった。食べ物の好き嫌いもなかった。特にトマトが大好きで、切ったトマトを食べたあとに残る、赤い汁まで飲んでしまうほどだった。一方多見子はトマトが大嫌いで、いつも皿に残していた。それどころか、トマトの匂いのついたキャベツの千切りすら残していた。食べるのは、真んなかに置かれた豚のカツレツだけだった。

須江子が白薔薇学園付属幼稚園に、いわゆる〃園〃に持って行く弁当には、鳥や卵のそぼろそして海苔がはいっていたが、つけあわせの、ほうれん草の浸しも残さなかった。色取りをつける紅生姜も大好きであった。食欲は色や艶を見る〃眼〃からも湧いたが、その匂いを吸いこむ〃鼻〃からも湧いた。須江子の鼻は小さかったが、その外見に反して、嗅覚は優れていた。

最も嗅覚が働くのは、マ・スールと呼ばれる、フランス系ミッション・スクール付属幼稚園の修道女の服装だった。胸元から足首まで隠す黒い服、襟元と肩、そして頭は白で覆われている。特に頭を覆う布は硬く、耳の辺りから丸く折れ曲がって、ピンで留められている。年長組の担任は一ノ瀬先生、園長は間島先生、フランス人のジャン先生、マリアンジュ先生なども参加する。全員修道女の服装である。先生と呼んでいた人びとは、現在で言う〃保母〃の資格もあったと思われる。幼稚園そして外国人に慣れていない子供の心を和らげるには、近寄って優しく話しかけていかなくてはならない。ときには泣く子供を抱きしめて宥める。しかし匂いが母親とは違っている。狭い廊下などでは、すれ違っただけでも独特な匂いが鼻にはいることもある。〃園〃は小学校、女学校そして専攻科もあり、それぞれに教師の約半数がフランス人修道女となっていた。

麹町の家のなかでは絶対に嗅ぐことのできない独特な匂い……、湿って暗い匂いではあるがその奥に甘く優しい匂いも感じられる……、不思議な香りなのである。

須江子はこの幼稚園で〝ごきげんよう〟という日本語の挨拶、そして〝ボン・ジュール〟というフランス語の挨拶を覚えた。

白薔薇幼稚園の建物は、小学校の校舎の端にあり、従って運動場も繋がっていた。境としていたかどうか分からなかったが、二つの建物のあいだに屋根つきの細い道があった。幼稚園を右手に見て、その道は女学校の生徒たちが学ぶ建物と校門の方角に延びていた。そちらには広い校庭があり、校門正面にはフランスの愛国者、オルレリアンの乙女とも言われるジャンヌ・ダルクの白い像が建っていた。姉たちが〝至誠の旗と正義の剣〟と呼ぶこの二つを手にする聖女は、〝園〟を象徴するものと思われた。

さらに校門のすぐ右手には、小さなパンの店があった。いつもここで〝よっちゃん〟と呼ばれる人気者の女性がパンを売る。窓越しに置いてある色々なパンが、須江子の目のうえに並んでいて、すぐにも手を伸ばしたくなる。一度母に買ってもらったクリームパンが口のなかでとろけ、忘れられない味になった。しかし、幼稚園児はたとえ金を払ってでも、一人で買うことが許されていなかった。

細い道の反対側の道は修道女たちの住む修道院に繋がっていたので、その先の風景は、まったく分からなかった。灰色の雲に覆われたような、想像もできない地域であった。もちろんでいりは禁止されていた。母に留年を申し渡される少しまえのことだが、冬のある日、同じ組の田坂ゆう子が、

「マ・スールたちのはいるお風呂場が、この道の奥にあるわ」

と教えてくれたので、一緒に見に行ったことがある。須江子は背の小さい方ではなかったが、ゆう子はさらに身長が高かったので、その陰に隠れるように寄り添いながら奥の建物まで歩き、左手の石造りの建物を覗いた。どういうわけかその入口は開いていた。ゆう子が発見したときもそうだったのか。お陰で灰色と薄茶に覆われた風呂場を目にすることができた。

「マ・スール方は、白い布をまとってはいるそうよ」

湯槽を見た途端、ゆう子はそんなことを口にした。

〝白い布を……〟

言葉は耳に残ったが、声にはならなかった。

教会の公教要理で、繰り返し教えられている〝罪〟という言葉が頭に浮かんでいて、恐怖心が湧いていた。土曜日の午後上智大学の方角から、番町の教会に姿を現わすドイツ人神父ホイヴェルス師は、見あげるほど背が高く、日本語がとても上手だった。〝罪〟という言葉を口に

しながら見せてくれた絵本の一ページが忘れられない。それは天国の絵の次ページにある地獄の絵図だった。炎のなかで苦しみもだえ泣き叫ぶ人々が描かれていた。それも色鮮やかで目を覆いたくなるほどで、特にそのページの鮮やかな黒色に驚かされた。家にある絵本「キンダーブック」漫画「のらくろ」の色合いとはまったく違っていて、これまで見たことのない、色の濃い絵本という印象があった。家に戻って母に話すと、

「恐らく、ドイツから持っていらした絵本だろうね」

と言っていた。

〃人は、天使と悪魔のあいだに居るのです〃というホイヴェルス師の言葉が真っ先に浮かぶ。

〃私は、今悪魔に誘われているのか〃

そんな思いになった。その濃い灰色の浴槽が本当にマ・スールたちの使う浴槽なのか、よく分からず、白い布をまとった姿は目に浮かばなかった。そして恐怖を感じるとすぐにその場を飛びだした。右手には修道院の入口が見えた。こちらなら覗いても良いのではないか。

屈み込んで奥を覗く。てまえに五段ほどの降り階段があり、地下廊下がその先に続いていた。その奥には同じ高さの登り階段が眺められた。廊下の両側には小部屋が並んでいた。

……それは〃半地下〃というのだろうか、これまで見たことのない不思議な空間であった。修道女たちの個室、住まいだとしても、〃別世界〃に思えてならなかった。何故なら、マ・

スールがたは母のように結婚して子供を産んだりしていない……。

その建物は、校門のある九段の靖国神社の方角まで伸びていた。向かいあうのが小学校の校舎で、その中間が広い運動場になっていた。建物の中央に大きな聖堂があることは、何度かミサに参加して知っていた。

当時須江子は、靖国神社を〝白薔薇学園の隣にある神社〟としか思っていなかったが、後になって明治二年に、国事に殉じた者の霊を祀るために創建され、最初は〝招魂社《しょうこんしゃ》〟と呼ばれていた国の重要な神社と知った。すでに還暦が近かった父親五吉は、独身のころ一兵卒として日露戦争に参加し、右手首に弾丸を受け、負傷兵として帰還したので、深い関心を寄せていた。一度父に連れて行ってもらった、靖国神社秋の大祭が賑やかだったことを記憶する。父の出発点はその〝戦地〟にあったようだ。

須江子は覗くことを止めて、年長組の部屋に戻った。嗅ぎなれた部屋の匂いに触れて、〝悪魔に誘われなかった〟という安堵の思いを覚えていた。西洋風の建物、部屋や廊下、壁や窓にも独特な匂いが存在した。平素母や姉たちが身にまとっている着物の匂い、その収納場所である桐の箪笥を開けたときの匂いとは程遠い匂いであった。家に帰って、

「学園の教室や廊下には、変わった匂いがする」

と母に言うと、

「それは、ラワンの匂いだろう」

という答えが返ってきた。

「ラワン？」

と聞き返すと、

「外国から輸入される、ラワン材のことさ」

という返事があった。


当時船で運ばれてくる材木に関する知識は、須江子になく〝学園の匂い〟と言うばかりであったが、修道院の匂いはまた別の匂いという印象があった。入口に縦横に並ぶ下駄箱には革靴の匂いが満ち、〝タブリエ〟と呼ばれている園内に入るとすぐに着せられる黒い上っ張りにも、独特な匂いが感じられた。数々の匂いのなかで須江子が一番好きだった匂いは、割烹着姿のおせいの胸の匂いだった。夜寝かしつけてくれるとき、須江子はその匂いを胸いっぱいに吸い、そして眠った。おせいはその顔立ちも良く、特にその黒い瞳はいつも優しさを湛えていた。

三　そして留年する

　幼稚園の庭には、小さなジャングルジムが備えられていた。須江子は年少組にはいったときから、このジャングルジムに興味を持ち、最初は少し恐怖心を感じたが、一段一段の棒に足をかけ身体を動かしているうちに、頂上まで登れるようになった。頂上から見える景色は平地で見る景色とまるで違っていた。

「わーい」と声をあげ、

「遠くが見える、良く見える」

　と大きく手を振った。

　これが〝生きている〟ということか。そんな気持ちも湧いていた。すると、どこからか、

「お転婆ねえ、信者のくせに……」

　という言葉が飛んできた。それは明らかに非難の声だった。それならなぜ遊び場にジャングルジムを置くのか。マ・スールを始め「頑張って、良く登れましたね」

　と褒めてくれる人は一人もいなかった。それでも須江子は、一段一段を征服してっぺんに登ったときの、快感が忘れられなかった。

　ミッション・スクールといっても、カトリックの洗礼を受けている者は、クラスに五六人で全体の約一割、他は普通の日本人家庭の子供たちであった。そのなかで須江子は周囲が考えるように、カトリック信者は、〝常に手を合わせて祈っている〟というイメージを壊していた子

供であったらしい。制服は黒い襞のはいったスカートで、下から見ればパンティ（当時はズロース）が丸見えになることもあった。それでも須江子は、鉄棒を見ればそれを両手で握り、逆あがりの練習を始めるのだった。

母は麴町教会に行くときは、山の手の住人らしい上品で丁寧な言葉遣いをしていたが、家に帰ると、生まれた家、東京神田龍閑町《りゅうかん》（現東松下町）、和菓子製造販売業の家で覚えた下町言葉を連発していた。その使い分けは状況によって変化するので、対応が難しかった。

「神様の思し召し、です」

と言いながらも、その目の奥には、

「分かったかい、言う通りにするね」

という意味の強い光が籠っているように感じられた。お転婆は母譲りだったのかもしれないが、それを褒めるよりも、良い薬品がなかった時代、末娘の健康を案じる気持ちの方がはるかに強かったと思われる。

そして須江子は、白薔薇学園付属幼稚園を留年した。繰り返すが、昭和十五年（一九四〇年）四月のことである。正確には〝留園〟というのだろうが、辞書にその語は載っていない。大学にはいる際の〝留年〟はよく聞き、長じて須江子も、留年そして挫折、という苦い経験をしているが、幼稚園の留年は人の話としてもこれまで聞いていない。あの大学留年時代、この幼稚園時代を思いだせば、何かの役に立ったかもしれないが……、当時は、戦争……、とくに戦災によってそれまでの記憶と、その後の記憶が、切れてしまい、繋がっていかなかった。諦めもあったと思われる。何分にも幼稚園児の体験である。フランスそしてセーヌ川を愛したかつての日本人哲学者森有正氏の言、

〝体験が熟して経験になる〟

ことがなかったのか。いや、遅ればせながら、今やっとその記憶の山を登り、答えを見つけようとしているのか。

春休みの須江子は至って暢気に過ごしていた。土曜の午後の公教要理と、日曜ミサは必ず行った。公教要理は子供の組なので安佐子と共に、ミサは父母と、または他の姉たちと行った。ある日曜日、父と二人でミサに行った。父は母に遅れはしたが、自らの意志で洗礼を受けていた。その根本にあった思いは戦地での体験であったと思われる。教会の門から聖堂までは樹々の葉が揺れ、草花の匂いが流れる庭になっていた。なかほどを歩いているとき出会った信者の男性に、

「鈴田さん、今日はお孫さんとご一緒ですか」

と言われた。父の頭の毛には白いものがかなり混じっていた。

「いや、これが私の長女です」

父はそう答えて澄ました顔をしていた。信者の男性は声をだして笑っていた。あれは父のユーモアだったのか。まだまだ子供の一人二人作れる、と言いたかったのか。そのころ父は小石川の切支丹屋敷跡の土地を買い、その地に家を建築中であった。つい先日建前が終わったと聞いていた。次男将一が独立したら住まわせるつもりの仕事で、まだまだ先に夢を持つ父だった。

他の日は母や姉たちと一緒に銀座のデパートに行ったり、四谷見附の公園でブランコに乗ったり、雨の日は家でお手玉遊びをしたり、ぬり絵をクレヨンで塗ったりしていた。とくに〝留年〟の事実が心に引っかかっていた記憶はない。

桜も咲き、心地よい季節になっていた。四月第二週から、須江子はまた白薔薇幼稚園年長組に通った。若い使用人が送り迎えをしてくれていた。この留年体験に関して、衝撃を受けた記憶が一つだけ残っている。

晴れた日のことだった。朝登園してすぐに小学校との境の廊下を越え、運動場の端の鉄棒に向かった。練習中の〝逆あがり〟を始めようとしていた。現在では、逆あがりの動作を〝鉄棒を両手で握り、弾みをつけて足から外回りする。一度ならず、できれば何度でも良い〟とされているが、昭和十五年白薔薇幼稚園、そして小学校の逆あがりは少し違っていた。始めに鉄棒を握る動作は同じだが、外回りではなく、内側に足を延ばし、身体全体の力で、鉄棒の上にせりあがるのである。鉄棒を越えて前方に飛び降りても良いが、バランスが良ければ鉄棒のうえに座ることもできる。当時の須江子はこの逆あがりに熱中し、挑戦していた。足は内側から鉄棒のうえに延ばせるが、腰の力が弱く鉄棒を越えて行かれない。何度やっても上手くいかない……。

悔しい思いで鉄棒と闘っているときに、大合唱が聞こえてきた。

「鈴田須江子さーん、須江子さーん」

と呼ぶ声に手足の動きを止めて、その方角を見た。

「須江子さーん。どうして小学校にいらっしゃらなかったの」

「どうして、この教室におはいりにならなかったの」

「鈴田さん、須江子さん、どうして、まだ幼稚園に、残っていらっしゃるの」

見ると、教室の窓から一年間を共に過ごした、かつての年長組の友達が顔をだし、声を揃えそう言っていた。そのなかにはあのとき一緒に風呂場を覗いたゆう子の姿もあり、その身長もまた伸びたように見えた。驚いた須江子は逃げることも、もちろん返事をすることもできず、その場に立ちすくんだ。

「須江子さん、どうして小学校に……」

その大合唱はかなりのあいだ続いていた。幼稚園の友達は、母親や使用人たちの言葉と違って、須江子を傷つけていた。どこに傷ついたかといえば、その〝いらっしゃらなかったの〟という丁寧な言葉遣いが、胸に刺さったのである。入園したときから、それらの言葉使い、また日仏の挨拶も覚え、抵抗なく使っていたが……。しかし丁寧語は、否定的な言葉や微妙な問題を口にするときに浮きあがる。その証拠に、人は〝金持ち〟に〝お〟をつけることはあるが〝貧乏人〟に〝お〟をつけることはない。戦後、父の五吉が倒れ生活が困窮したときも、制服に伴う黒い靴下が揃わず、やむなく色の剝げかかった赤いソックスを履いて行った日、服装検査当番に注意された。

やむなく言い訳をすると、

「そんなに、お困りになっていらっしゃるの」と言われた。その〝おこまり〟という言葉の響き、丁寧語で言われた微妙な言葉は、何故か刃物のように変化する。

それほどのことをしたわけでもないのに、あれほどの大合唱が聞こえてくるとは、まさに夢にも思わないことであった。須江子の足はいつか逃げるように、幼稚園の方角に向かっていた。

四　姉妹

妹の須江子を留年させた張本人でもある四姉多見子は、それらを気にしているかといえば、そうではないように感じられた。十二年ぶりに子供を産んだ母から直接聞かされ、何か注意を受けていたかは不明である。靖国神社の塀沿いに並ぶ桜の開花は、毎年のことながら華やかで美しく、通る人びとの心を和ませていた。

「多見子姉ちゃん、九段の桜の花、とても綺麗ね」

と言うと、

「綺麗だけど……、花が散ってまもなく、毛虫が沢山でるのよ。それも木からぶらさがってきて、まえが見えなくなるほど沢山……、気持ち悪い。刺されると痛いのよ。私、桜の木が大嫌い」

現在のように効き目のある殺虫剤が生産されないころゆえ、確かに毛虫の数は多かった。だからといって、それほど桜の木を嫌わなくても良いのではないか、という気持ちが、幼い須江子に湧いた。後になって考えると、体力が関係するのか、何かにつけてマイナスのイメージを持つ性格だった、と思われる。

母は十二年ぶりに産んだ多見子のために、子供部屋に本棚を作りつけ、沢山の本を並べていた。『小公女』『小公子』『フランダースの犬』『母を訪ねて三千里』『不思議な国のアリス』などが並んでいた。須江子は日々本の背表紙を眺め、ときにはページをめくったが、それらの本は姉の本で自分のために買ってくれた本ではない、と思っていた。

それでも多見子は、五歳違いの須江子に、そのころ人気の綺麗な千代紙を分けてくれるなど、姉らしい配慮をしてくれた。千代紙はいつも和紙の良い香りを放ち、宝物のように思えた。須江子より一年四ヶ月先に生まれた安佐子は、年が近いせいか、常に須江子をライバル視し、千代紙やおやつの菓子を分けてくれることはなかった。夜子供部屋に敷かれた布団のうえで、でんぐり返しなどをすると、「少しおとなしくしてなさい。お祈りはもう済んだの」と、きつい言葉を投げかけることがあった。

本棚の脇の壁には、教会の祈りが書かれた紙が貼られていた。紙は羅紗の反物を包む幅広で薄茶色のものだった。その上に母が墨字で書いた片仮名が埋まっていた。

〝テンニマシマス　ワレラガチチヨ〟

から始まる主禱文《しゅとうぶん》。

〝メデタシセイチョウ　ミチミテルマリア〟

から始まる天使《てんし》祝詞《しゅくし》。

母からの口写しではなく、母の書き記した文字によって〝祈り〟を覚えていく。

毎夜姉妹三人で寝るその部屋は、父母の寝室に隣接していたが、境の扉にはいつも鍵がかかっていて、一度廊下にでて奥の扉まで歩いて行かなければならない、どこか遠い部屋であった。安佐子は母の病後に生まれた三人娘の真んなかの子供として、しっかりしている娘であった。

〝あなた威張っていたわ〟と、クラス会の日に言った加瀬葉子は、年長組から入園してきた園児だった。洋子の目は二重で大きかった。その目が、親元から初めて離れた子供のように、怯えて揺れていた。何かにつけて泣き声をあげる園児も、お漏らしをして、教室の隅の衝立の陰で、一ノ瀬先生の介助と共に着替えをする園児もいた。入園以来、須江子は一度もお漏らしをしていなかった。特に頑張ったわけでもなく、〝園〟の話を姉たちから聞かされ親しみを感じ、緊張感がなかったためと思われる。園児専用のトイレは衝立の奥にあった。もちろんそれは洋式ではなく和式であった。衝立の陰を覗くと、下着の履き替えをしている園児の姿が見えることがあった。米寿のクラス会に出席していた伊戸余志子が、そのころピンク色の毛糸のパンツを履いていた記憶が残っている。

一般的に年少組から入園し一年後に年長組にあがるのだが、葉子のような例外もあった。留年の須江子は、新いりの園児に、トイレの場所を教えてあげたり、遊び場に連れて行き、ブランコやシーソーの乗り方を教えてあげたりした。シーソーと言っても返事がなかったとき、

「これはね、〝ぎったん、ばっこん〟よ」

と、言い直すと、相手の顔に笑顔が浮かんだ。須江子はその瞬間、長姉登紀子の長男晴彦の

顔を浮かべた。母親と一緒に麹町の家に遊びにくると、誰よりも須江子を慕い、甘えてきた。

須江子はこの晴彦を可愛がると同時に威張った。

「私、ジャングルジムのてっぺんまで登れるのよ」

と言うと、

「ぼくはまだ……、登れない」

と言って恥ずかしそうな顔を見せた。

ある金曜日の昼休み、須江子は葉子に声をかけた。

「お作法室に行って見ない、私と一緒に」

「おさほう、しつ？」

「小学校の校舎から行かれるのよ。女学校の校舎に向かう途中の、三階にあるの」

葉子の目は不審そうに瞬いていた。須江子は怯まず続けた。

「畳のあるお部屋なの。普段はお作法を習うお部屋なのだけれど、今日金曜日はお琴の〝特別〟の日なの」

正規の授業以外を〝特別〟と言っていた。

「お琴……」

葉子の目はいつもよりさらに丸くなっていた。すでにその手を引いて歩きだしていた。

次姉加也子の顔が浮かんでいた。大正五年生まれの加也子は、すでに上野の東京音楽学校を卒業し、宮城道雄直門として生田流の箏曲教師になっていた。そして金曜の昼からは箏曲の特別講師として指導を行うことになっている。須江子とは十八歳離れた姉である。母の話では、小学校時代の加也子は一つ違いの兄に勝るほど勉強ができたという。

以前安佐子ときた記憶があるので、間違いなくお作法室に到着した。まだお琴の音色は聞こえてこなかったが、ガラス窓越しに、準備を始めている加也子の着物姿が見えた。

「加也子姉ちゃん」

と声をかけた。

「あら、須江子」

「葉子ちゃんです」

そう紹介すると、加也子は、

「良くいらっしゃいました、ごきげんよう」と姿勢と言葉使いを変えた。二人はその部屋にはいった。入口に近い部屋と、広い校庭が見える奥の部屋と二間続きの稽古場だった。奥の部屋には床の間もあり、正面の壁には家に父が飾っているのと同じ掛け軸が見えた。三角の柱を弦の下に据えた琴は、二弦並べられていた。

「お琴に興味がおありですか」

加也子は生田流独特の、白く四角い爪を指にはめながら、葉子に声をかける。葉子は頷くことも首を横に振ることもできないまま、瞬きを重ねていた。すぐに琴の音色が流れた。なんという曲か分からなかったが、耳慣れた音色だった。その瞬間、葉子の目が輝きだしたことを覚えている。すぐに加也子は演奏を止めて、今度は須江子に話しかけた。

「須江子は、もう一度幼稚園をやるのね」

〝ここでそんな話を〟と思ったが、やむなく「そう」と頷く。

一年ほどまえから加也子は麴町の家から五軒ほど離れた貸し家に引っ越し、そこで〝うぐいす塾〟という名の箏曲教室の看板を掲げている。寝起きもそこでしているが、母の顔を見に日に一度は帰ってくるので、今回の須江子の話も聞いたのだろう。

「ヤスエさんお元気かしら」

また頷いて、「間島先生はお元気」と返した。須江子は次姉加也子が間島園長を〝ヤスエさん〟と呼ぶのを知っていた。

部屋の振り子時計を見ると、幼稚園に戻らなくてはならない時間になっていた。立ちあがると、加也子は、

「またいらっしゃい」

と、手を振った。葉子と階段を降り、幼稚園の建物のまえに戻ったとき、

「本当に、あのお琴の先生、須江子ちゃんのお姉さまなの」

と聞かれた。

「そうよ、嘘ではないわ、本当の話」

上手に説明はできなかったが、胸を張って答えた。幼稚園児としては人に〝嘘つき〟と言われるのがとても嫌だった。葉子にも姉がいたが、それは二年生の安佐子と同級生であったゆえ、信じられない風景、そして音色だったに違いない。

それに比べ平素須江子の家のなかは、末娘の数え年七歳という年齢をほとんど考慮しない会話が飛び交っていた。

関東大震災の後、下町で孤児になった間島ヤスエは、麹町番町教会の神父の仲介で、鈴田家に身を寄せていた時期があったという。そして三年後に須江子の両親を後見人としてこのフランス系の修道院にはいった。もちろん須江子が生まれるまえの話だが、当時は〝ヤスエさん〟〝加也子さん〟と呼び合う親しい間柄であったらしい。

使用人たちのあいだでも、音大を卒業して箏曲の教師そして演奏家にもなっている次姉加也子は、今話題になっていた。須江子は母の傍にいるよりも使用人たちと一緒にいるときが長かったので、その折々の話題を耳にしていた。

「妹の光江さんが先に結婚してしまって、加也子さん、これからどうするのだろう」

「お琴に熱心で、良い人がいる様子もないという話だし」

「もう二十五歳になるのだろう」

「心配だねえ」

「それ、オールド・ミス、って言うのだよ」

最後は小声になっているが、須江子の耳に届いている。

使用人たちのあいだでは、その場限りの話で盛りあがっていたようだが、幼い須江子の耳には、自分の将来にも関わる重大な話として、残されていた。〃二十五歳〃という数字も心に刻まれた。

三姉光江は次兄将一の大学の友人に見染められ結婚を申しこまれたという。まだ二十歳で身体もあまり丈夫でなかったので、一度それを理由に辞退したが、それでも良いと言ったそうで、番町の教会で式を挙げた。当時では珍しい白いロングドレスにヴェールを被った花嫁姿の写真が残っている。夫になった隆は、兄と同じ大学のグランド・ホッケのチームの一員であり、麹町の家によく遊びにきていた男性だった。常日頃須江子は、五姉安佐子の競争意識を感じていたゆえ、子供なりに〃上のお姉ちゃんたちにも競争心があるのだろう〃

と、頷ける気持ちであった。……これらのことは、もう一つの〃二の舞を演じるな〃物語として、後の須江子に影響を与えている。

五　パリ人、江戸っ子

幼稚園の教室に戻ると、マ・スール・ジャンが、一ノ瀬先生と共に姿を現わした。常に笑顔を振りまき、話しかたも優しい馴染みの先生に比べてマ・スール・ジャンの顔立ちは、一目見て〝男の人のようだわ〟と思うほど凹凸がはっきりとしていて、怖さを感じるほどだった。その日、彼女が持っていたのは、画用紙よりもさらに大きい何枚かの画板だった。マ・スールはそれらを〝タブロー〟と呼んでいた。タブローには花、動物、鳥、景色などが描かれていた。一枚ずつその絵を見せて、その日本語とフランス語を話す。それはこの幼稚園で行われる〝フランス語のお勉強〟でもあった。幼い子供相手ゆえ、遊びながらの勉強ではあったが、マ・スールの顔は真剣であるように見えた。今、目のまえに持ちあげられているタブローには、可愛らしい鳩の絵が描かれていた。

「これは、ピジョン、です。メスのアトです」

須江子は、意味が分からなかった。

「もう一度」という声があがった。

「メスのアトです」

確かにアトと聞こえた。一ノ瀬先生の顔を見たが、口添えをする様子はなかった。どうして鳩をアトと言うのだろう。それが気になって、その日家に帰ってから、母に訊ねた。

母は笑いながら話す。

「加也子が言っていたけれど、フランスの、特にパリ人は日本語の〝ハ〟の発音が苦手らしい。江戸っ子の下町生れが〝ひ〟を〝し〟と言うのと、似ているかもしれないね」

〝パリ人、江戸っ子下町生れ〟

山の手麹町で生まれた須江子には、よく分からない話である。

「なんだか、おかしいわ」

須江子は疑問を感じていた。

「つまらないことを気にしないで、教わったフランス語をしっかり覚えなさい」

母はそう言って立ちあがり、用事があるらしく茶の間からでて行ってしまった。

須江子の心には、物足りなさと共に、失望感が生まれていた。この話が終わったら、あの鉄棒のまえで耳にしたかつての年長組、いや今の一年生の大合唱についても話したい、と思っていた。〝どうして、小学校にいらっしゃらなかったの〟という声に返事ができなかったこと、驚きと混乱から〝神様の思し召し〟という言葉が全く浮かばなかったこと、それらについての母の答えが欲しいのであった。しかし、母の答えはなく、その姿さえ消えていた。まだ自分で考え、そして答えをだすことは難しかった。

後になって人には血液型がある、と知った。父はA型、母はO型だった。私はどちらかと須江子は思い、白薔薇学園の敷地内にある博愛院という名の医院で検査してもらった。須江子は父と同じA型であった。

次の週になって、一ノ瀬先生指導のもと、年長組の生徒はあることを教えられた。それは〝リンゴの皮むき〟の実習であった。

「リンゴはフランス語で、〝ポム〟と言います」

と教えられたことはあったが、前年度この皮むきはしていなかった。小さなナイフとリンゴが一個、机のまえに置かれていた。

「怪我をしないように、気をつけて皮むきをしてください」

先生はそう言って自分から先にその皮むきをはじめた。すぐに四つに切ってその一片を取り、ゆっくりと皮をむいた。綺麗にむけたリンゴが、いやポムが皿のうえで匂いを放っていた。その皿に目を向けて日本人である先生は言う。

「皆さんはまだ、このリンゴ、そして梨や柿など、お家の方にむいて頂いている、と思います。そうですね」

「はい」一同は声を揃える。

「でも、皆さんは、いずれはこの果物を、人にむいて差しあげる大人になるのです。そう思って、練習をしてみましょう。さあ、始めましょう」

園児はそれぞれナイフを持って、リンゴの皮むきを始めた。須江子はリンゴを手にした瞬間、平素の母の手つきと、何度も聞かされたある話を頭に浮かべていた。それは隅田川の橋のうえで、あることをして群衆から喝さいを浴び、笊のなかに金を放りこんでもらう大道芸人の話だった。

その話は……、橋のうえでリンゴの皮むきを始める。そのむき方は四つに切ったりはせず、リンゴの尻の部分からナイフをいれ、渦巻き状にぐるぐると回す。……さらに根気強く回しながら皮をしたに垂らす。この芸は皮を途中で切ることが許されない。皮の幅も狭くどんどんと伸びて川面に近づく。群衆はどうなることか、と目を皿のようにして見守る。細く長いリンゴの皮が水面に触れると、群衆は拍手を重ね、財布の紐を緩める……。

幼い須江子には、丸い果物の皮そのものが、むくことによって、一本の糸のように変わる。そのことが信じられなかった。

以来須江子は、リンゴの皮むきを渦巻き状にするようになっていた。幸い須江子は手先が器用で、たとえ途中で切れたりしても、また渦巻きを続けて、その渦巻皮むきを完成させた。いつも物憂い顔をしている四姉多見子も、競争心のある五姉安佐子も、その皮むきに興味はないらしく、挑戦する気配も感じられなかった。

　この日驚いたのは一ノ瀬先生だった。

「まあ、須江子さん、あなたこのむきかたをなさっているの。それもお上手に……、皆さんこちらにいらっしゃい。そしてこれを見てくださらい」

　席で懸命に皮むきをしていた仲間が集まって来た。そして須江子の手元の動きを見る。

「あ、これ知っています」

「でも難しい」

「須江子ちゃん、凄い」

「良くできるわね」

　そんな声が飛び交った。須江子はなんだか嬉しかった。ジャングルジムのてっぺんに登ったときのような快感を覚えていた。心のなかで
〝そうよ、私はこの年長組、二度目なのだから〟

　と呟いた。

　そうはいっても数え年七歳の子供である。マ・スール・ジャンが教えるフランス語を間違えて覚えてしまうこともあった。もう一人のマ・スール・マリアンジュは綺麗な声で、フランス

の子供歌「アヴィニヨンの橋の上で」を歌ってくれた。

〝シュル　ポン　ダビニヨン　オニダンス　オニダンス〟

とその歌いだしはすぐに覚えた。足が弾むような音律であったので、向きあって踊るダンスの振りもすぐに覚えた。

一方マ・スール・ジャンは、いつも大きなタブローを持って現れた。顔もその声も少し怖かったが、二年目でもあるし、少し馴れてはきていた。

そのきっかけは、マ・スール・ジャンが連発する〝ボン・ポワン〟という言葉からだった。タブローの絵を見てその答えを園児に聞く。答えが正しいとき、すぐに〝ボン・ポワン〟と声をあげる。そして、机のうえにある絵札をくれる。フランス製なのか、色彩も良く艶のある絵札で、園児はそれが欲しくて、競って手をあげる。

「十枚溜まると、また別の絵札を差しあげます」

とも言う。いつのまにかボン・ポワン競争が始まっていた。ご復活祭が終わり、五月《さつき》の后と歌われるマリアの月になったころ、須江子が獲得した絵札の数は七枚になっていた。近くの席の葉子に、

「葉子ちゃん、何枚」

と訊ねる。

「まだ二枚」

という答えが返ってくる。他の園児たちも、葉子とほぼ同じ枚数のようだ。若葉どきの季節でもあり、須江子は興奮して、目的はフランス語を覚えること、とは違う精神状態になり、〝ボン・ポワン〟の意味を覚えずにいた。恐らく、この絵札を差すのだろう、という程度の知識であった。

夜子供部屋で寝るときも〝ボン・ポワン〟の枚数を、アン、ドウ、トラ……、とフランス語で数えてから横になった。

「うるさいわね。須江子少し静かにしなさい。私眠れないわ」

と文句を言いはじめたのは、四姉の多見子だった。多見子はもう忘れてしまっているのだろうか。〝二の舞を演じないように〟と母に言われ、年長組にそのまま残った妹の気持ちは、深く考えていないようであった。現在小学六年生で、来年の学園付属女学校入学を目指し、上村教師と共に日々勉強に集中していた。日本舞踊の稽古も休んでいる様子だった。

「ごめんなさい」

須江子は素直に謝った。あいだの布団にはいった五姉安佐子はすでに眠っていた。

「須江子、ボン・ポワンの意味知っているの」

「この絵札のことでしょう」

「違うわ。ボンは、良い、ポワンは、点数よ。でも……、他に意味があるのかもしれない。明日は上村先生の勉強の日だから、聞いてみるわ」

その日、多見子の勉強が終わった後、須江子は上村教師に呼ばれた。二人の勉強部屋になっているその小さな洋間にはいった。その部屋は当時珍しい電話機のある部屋としても、須江子の心に残る部屋だった。それは遠くの人たちと繋がっている場所でもあった。右手の壁に取り付けられた電話機を横目で眺めながら一礼をし、椅子に腰かけた。教師は微笑んでいたが、その背筋は真っ直ぐに立っていた。須江子はそれを見ただけで緊張した。

「多見子さんからお話を聞きました。〝ボン・ポワン〟の意味をお教えしましょう。直訳すれば、確かに〝良い点〟です。でも、この言葉にはもう一つの意味があります」

〝何だろう、それは〟

須江子は知りたいと、思う。

「マ・スール方に聞いた話です。〝ボン・ポワン〟には〝ご褒美〟の意味が籠められているそうです」

〝ご褒美……〟

「フランス、パリ市の小学校では、良い答えができた生徒に、ご褒美としてあの絵札を配っているそうです。そしてそれは現在もパリで続いていると」

その教師口調のまえで、須江子は声もだせなかった。

「つまり、〝ボン・ポワン〟にはご褒美と、さらに〝がんばれ〟という励ましの意味が籠められているのです。須江子さん、集めた〝ボン・ポワン〟を、どうぞお大切になさいませ」

そう言って上村教師は、多見子と共に洋間をでて行った。

〝意味が、間違っていたわけではない〟

そんな気持ちが湧いていた。

ボン・ポワンは、私を〝良い気持ちにする〟絵札なのだから。

心のなかの呟きは消えず、続いていた。夕暮れ近い時刻、部屋の電話が鳴り、使用人頭おせいが駆けつけるまで、須江子は洋間から動かなかった。

その夜は、おせいにつき添ってもらって眠った。上村教師の声が耳に残り、これまでの快感……、年齢相応の良い気分が消えてしまっていた。そんなときはおせいの瞳とかっぽう着の匂いがなによりも心を癒すのだった。

六　市電、日の丸弁当

朝になると気分が変わり、すぐに起きあがった。黄色と緑色の〝市電〟が目に浮かんでいた。

四谷見附の停留所から九段上まで乗る市電である。東京市が東京都に変わるのは、まだ三年先の昭和十八年で、電車は市電と呼ばれていた。麴町の家から停留所までは子供の足で五分ほどであった。この日のつき添いはおせいではなかったが、〝園〟まで元気に到着した。大きな校舎とジャンヌ・ダルクの銅像そして広い運動場が見えたとき、いつもの快感が湧いた。それは〝生きている〟という実感でもあった。

園長の間島先生が朝礼に姿を現わした。長身と色白の顔立ちが、少し微笑んでいるようでも緊張感を与える印象はいつもと同じだった。須江子はそれが怖かった。私の家、麴町の家にいたときは、どのような人だったのだろう。四姉の多見子が十二年ぶりに生まれたあと、大幅な建て増しをしたと聞いているから、当時の家は今より狭かったはずだ。従って、第一部の兄や姉たちとの距離も近かったのではないか。母は、〝教育上良くない〟というだけで、何も話してはくれなかった。

朝礼が終わったとき、間島先生は須江子の傍に寄ってきて、

「須江子さん、お元気そうですね」

と声をかけてくれた。母から留年の話は聞いていると思われたが、急のことで上手い返事ができず、むしろ後ずさりしたい気持ちになった。琴の教師加也子の言う〝ヤスエさん〟という声も耳に残っている。

母の言葉〝多見子姉さんの、二の舞を演じないように〟と共に、須江子の混乱と孤独感は続いている。なに一つ理解できないままに、この〝園〟との繋がりの濃さを感じ取り、そのままときが動くという状態であった。

大人の世界は分からない。嫌になる。それでいて、須江子は翌朝になると、また〝園〟に行こうと起きあがる。多産系の両親の血を受けた体質気質からか、いや自分だけにある性分なのか。〝もう白薔薇学園幼稚園には、行かないわ〟と言って泣きだし、子供部屋に閉じ籠ることはしない。それだけに葛藤が生じる。とにかく二十一世紀によく耳にする〝籠る〟という行為をしない子供だった。

昼に弁当箱の蓋を開けるまで、耳に間島先生の声が残っていたが、卵焼き、ほうれん草、白いご飯の真ん中に梅干しの紅色を見て、機嫌が変わった。おせいの作ってくれる弁当はいつも美味しかった。当時は梅干しのはいった弁当を〝日の丸弁当〟と呼んでいた。どれも残さずに口にいれた。四姉多見子は、いつも弁当を半分ほど残していた。野菜だけではなく、鰤の身の黒ずんだところ、血合が嫌いと知っていた。須江子はその血合が大好きであった。

昼休みには、運動場の鉄棒へと走った。奥の方に全身でぶらさがれる上級者用の鉄棒が並んでいたが、まだ背が伸びていないので、横目で眺めるだけであった。そしてその鉄棒に、身長のある多見子がぶらさがっている姿を見ることはなかった。

六月になると学園の制服が夏服に変わる。白い縫い取りのあるセーラー服の襟や袖口の濃紺色は変らなかったが、身ごろの部分が一重の白い生地になる。スカートも厚地の羅紗ではなくなり、帽子も白になる。いつも五月半ばを過ぎると、その日が楽しみになり、指折り数えるようになっていた。麹町の住まいから路地を挟んで建つ店の方も、ちょっと覗いただけでも、白い生地が山となって忙しくなっているのが分かった。

父の営む商いは〝羅紗商〟で〝羅紗問屋〟と平素は言っていたが、いつかミッション・スクールの制服製造を始めていた。カトリック信者の業者として、修道院へのでいりが許されていると聞いていた。小学校、女学校にはそれぞれ二クラスがあり、A《アー》組、B《ベー》組に分かれ、父の店はA組を任されていた。B組の担当者は山崎と耳にしていた。この山崎と鈴田商店にも競争というものが存在した。姉たちの話を聞くと、生徒たちそして父兄のなかで、どちらの製品が良いか、という声があがっている、という。日々身にまとう制服であるから、当然の話であるが、幼い須江子の胸を痛めつける。

それにしても、どうしてこんなに〝園〟と私の縁が深いのか。感じることが多過ぎると、止むを得ず鈍感に変わってしまうこともある。いつのまにか、留年児須江子は〝園〟のなかを周知しているような顔で歩くようになっていた。六月が近づいてくると、周囲の園児に、

「六月から、夏服に変わるのよ。忘れないでね」

と繰り返す。実際にも去年は一人冬服を着てきた園児がいた。そして間違いと気づきすぐに泣きだした。しかし、去年の話をすると、留年があからさまになるので、しないようにしていた。気の強い園児は「分かっているわ、母がもう用意しているから」と言い返すが、心細げに頷く園児もいる。白い夏服の向こうには、蝉の声も聞こえ、鎌倉由比ヶ浜の、白い波の音も聞こえてくる。そして大好きなスイカも食べられる。〝早くこい、こい、夏の日よ〟と歌に歌いたい気持ちであった。

しかし、そのまえに雨の季節が訪れる。やがて梅雨いりとなった。麹町の道路も、市電の停留所も、〝園〟の校門校庭も濡れるようになっていた。もちろんジャンヌ・ダルクの銅像もびしょ濡れであった。しかし、一日中濡れ続けても旗と剣を持ったまま前方を見ている姿には、晴れの日とは別の印象があった。須江子は〝雨の日に、何をしているのですか、風邪を引きますよ〟と、教師に怒られないように、そっと近づいてその像を見あげるのだった。下駄箱の並んでいる場所にはいると、いつもより湿った匂いが広がっていた。タブリエも気のせいか、少し重くなっているように感じられた。

そしてその雨もやっとあがり、青空が広がった。

七　おせいの実家

須江子は七月の晴れた日、横須賀市長井にあるおせいの実家にいた。その家で須江子は〝こんなはずではなかった〟という思いに捉えられていた。この地には長井港という漁港があり、農業も行われている、と聞かされていた。その家の人びとも優しく、おせいの兄の子供たちが遊び相手になってくれたが、母と一緒にいない寂しさは拭えなかった。おせいの兄は子供の須江子に、

「おせいが、いつもお世話になりまして」

と丁寧な挨拶をした。

〝私が、おせいに可愛がってもらっている〟

という思いがすぐに湧いたが、口にはだせなかった。本来なら、去年と同じように鎌倉の長谷東町にある鈴田家の別荘にいて、昼間は母や兄姉たちと由比ヶ浜へとでかけ、海水浴、夜は庭で線香花火に火をつけ弾ける音を聞き、歓声をあげていたに違いないからである。

母は今どこにいるかというと、長野県の〝富士見〟というところに行っていた。同行者は、三姉の光江とその夫隆である。次姉の加也子より先に結婚した光江はその後身体の不調を訴え、

病院で検査をした。その結果、長野県で療養をすることになり、その世話を焼く母は多忙になった。

四姉の多見子と五姉の安佐子は、多見子担当おはなの実家、静岡県の沼津に行っていた。沼津に行きたかったとは思わなかったが、鎌倉が遠く、そして母が遠く思えてならなかった。それでも早朝におせいと一緒に漁港に行くと、漁から戻る漁船と、そこからおろされる魚の網を見ることができて心が弾んだ。獲った魚は網から大きな箱に移される。鯵や鰯など青魚に混じって赤色の鯛が飛び跳ねる瞬間、思わず声をあげる。

「お魚は、今夜醬油で煮るからね」

というおせいの声が嬉しい。

近くの畑に行くと、茄子、胡瓜、トマトなどが実っていた。

「あ、トマト」

「取って食べてもいいよ」

「いいの？」

少しだけ遠慮が湧く。

「どうぞ、どうぞ」

そして手に取って皮ごと口にいれたトマトの味が忘れられない。

午後は、海岸の波打ちぎわで、少しだけ足を濡らす程度の水遊びで切りあげた。早起きをしたので、須江子は少し眠くなっていた。

〝原田〟という表札のあるおせいの実家に戻り、冷たい麦茶を飲み、それから布団を敷いてもらい昼寝をした。一時間ほど眠った。

夕方は、須江子が起きるのを待っていたと思われる、おせいの兄の子供たちと遊んだ。

おせいは土間にある台所にはいり、兄の妻と共に夕食の支度を始めていた。家のなかに良い匂いが流れ始めていた。

茶の間は土間からすぐあがったところにあった。目のまえに醤油色の金目鯛の煮つけが運ばれてきたときは声もでず、すぐに箸を取った。須江子はその箸で、魚の身をほぐし口に運んだ。

「美味しい」

今度は声がでた。それから先は夢中だった。糠漬けもあり、蜆のはいった味噌汁も良い香りを放っていた。最初は何も聞こえなかったが、満腹になるにつれ、大人同士も会話が耳に届くようになっていた。

「せい、お前もそろそろ嫁に行かんと、な」

「子供さんのまえで、そんな話を……」

「いやあ、真面目な話だぞ、これは」

「分かっています」

「だれか世話する人は、いないのか」

「東京の奥様が……」

話はそこでぷつりと切れた。目のまえの須江子が聞き耳を立てているのに気づいたのかもしれない。

須江子は、衝撃を受けていた。これまでおせいの年を考えたことがなかった。二十歳前後の使用人たちに〝かしら〟と呼ばれているのだからそれより年上は確かだ。かつて、二十五歳で未婚の箏曲家加也子を〝オールド・ミス〟と囁いた声も残っている。二十五歳を越えているこ とは確かだ。実兄が心配するのも無理はない。しかし、おせいが嫁に行く、結婚してしまう、それは須江子から離れていくことでもあるのだ。母は忙しい、おせいもいなくなる。私はどうしたら良いのだろう。それでも須江子は、混乱を顔にださず、箸を動かし続けていた。

一週間を長井で過ごし、父母兄姉など、家族が鎌倉の別荘に集合したのは、八月を目のまえにしたころだった。母は須江子には直接言わなかったが、光江の療養所が決まったと話していた。

「待ち兼ねたよ。そろそろ土用波がやってくるよ」

兄はそう言っていた。子供の須江子もその〝土用波〟という言葉は知っていた。梅雨が明けてから七月中の由比ヶ浜は波が穏やかで、子供は安心して海水浴ができる。須江子はまだ丸い浮袋を使い、怖々と砂地から足を離す程度であったが。当時は波を待ち兼ねるサーフィンも流行ってはいなかった。

ともかく兄の機嫌が良いので安心していた。兄は去年区役所で身体検査を受け、甲種合格になって戻って以来、何かにつけて眉間に皺を寄せて怒りだすことがあった。始めのころ軍はその家の長男は避け、次男三男などに召集令状が届くようにしていたと聞くが、それもいつまで続くか分からない状態になっていた。兄にいつ召集令状が来ても可笑しくはない状況なのだった。この日は兄の大学時代の友人が集まっていて、浜から戻った後、家の二階でビールを飲んで騒いでいた。病後に産んだ子供たちには、

〝あなたたちは、早く親と死に別れるから〟

と言って厳しい母も、二十代で産んだ跡取り息子の次兄には甘いような気がしていた。口が達者で江戸っ子風の毒舌を吐いていたが、だれも注意をしなかった。二階で麻雀を始める音がしたので、階段をのぼりそっと覗くと、友人の一人に「こっちへいらっしゃい」と呼ばれた。子供好きな〝あまくささん〟という人だった。あまくささんは須江子を膝のうえに乗せたまま麻雀を始めた。兄に「下へ行っていろ」と言われなくて嬉しかった。

そんなことが数回あって、須江子は麻雀という遊びには、〝ポンやチー〟という言葉がある

こと、そしてその意味も覚えてしまった。後で聞いて母は苦笑していたが、特に注意することはなかった。

母は、日曜日が来ると近くのカトリック由比ヶ浜教会へとでかけた。四姉多見子、五姉安佐子、須江子も一緒だった。そして四人で教会の門を潜った。

初めて行き、そして見て感じたその教会は、東京麴町の教会とはかなり違っていた。それは、前列から後列まで、祈るために膝まずく台と腰掛けの並ぶ洋式の教会ではなかった。中央に通路があるのは麴町教会と同じだが、大きな十字架像に近い前方の左右に、和式の畳が敷かれていた。そして後方が洋式になっていた。そしてすでに着物姿で畳のうえに正座している人びとがいたのである。もちろん男性の姿もあった。須江子はまだ一五四九年（天文十八年）イエズス会士フランシスコ・ザビエルらが日本に渡って来て、畳のうえで生活を営む日本人に布教した話は詳しく知らなかった。

思えばそれは、母が探してきたおせいの結婚相手が、長崎の黒崎村出身で、隠れキリシタンの末裔であると知る、予兆であったかもしれない。福音、お説教、聖体拝領と続き、ミサは滞りなく終了した。聖堂をでて帰りも四人で長谷東町まで歩いた。

帰り道、足の動きに連れて兄の顔が浮かんでいた。それは兄がとても機嫌が良かったときの顔である。まだ年少組の園児のころ、もちろん留年の話もなかったころ、兄、安佐子、須江子の三人でお風呂にはいったことがある。

……麹町の家のお風呂は五右衛門風呂で、薪を燃やしているときは、熱くなった鉄の釜に寄りかかれない構造になっていた。幸いそのときは火の気はなく、のんびりと湯に浸かれた。

不意に兄が大声で歌いだした。すでに大学を卒業していたが、中学が〝園〟と同じフランス系のミッション・スクール、男子の学園だった。最初は何の歌か分からなかったが、

〝ギャルソン、ギャルソン〟

と繰り返すくだりになると、幼稚園でも聞いたことのある〝ラ・マルセイエーズ〟フランスの国歌と分かった。それにしても兄がこの歌を全部フランス語で歌えるとは、想像もしていないことで、驚きながらも嬉しくて、お釜のなかで飛び跳ねて喜んだ。安佐子も笑顔を浮かべ一緒に飛び、髪の毛がびしょ濡れになってしまった。

以来またその歌声が聞きたくて、

「お兄ちゃん、またラ・マルセー、歌って」とせがんだ。マルセーの先が難しくて言えなかった。しかし兄は二度と歌ってくれず、風呂にも一緒にはいってくれなかった。あの声は平和の時代にしか聞かれない声なのかもしれなかった。

それにしても、須江子とキリスト教徒の関係は濃密で、間島先生との関係も含めて一度に背負い切れず投げだしたかったが、荷物が一つ増える度に大人になったような錯覚を覚え、いつ

か威張るようになってしまったと思われる。大人になって〝あなた幼稚園のとき、威張っていたわ〟と言われても、反論できないのはそのためだ。

鎌倉での八月も終わり、麹町の家に帰った。そして九月になり、須江子はまた幼稚園に、二度目の年長組に通うようになった。その年は大きな台風もなく、夜の庭には鈴虫の鳴き声が聞こえるようになっていた。母が「ラジオを消して聞きなさい」と言うほど虫の音は冴えていた。冴えたのは虫の声だけではなかった。須江子の小さな頭も冴え始め、新しいフランス語を覚えた。すぐに頭に刻まれたのは、

〝ランディ、マルディ、メルクルディ、ジュディ、ヴァンドウルディ、サムディイ、ディマンシュ〟

というリズム感のある言葉だった。日本語では〝月火水木金土日〟を意味する。日々それらを声にだして、家のなかを歩いた。そして毎朝カレンダーを見て、今日は何曜日とフランス語でつけ加えた。

「うるさいわね、ボン・ポワンが終わったと思ったら、今度はそれなの」

多見子はそう言って怒った。安佐子も同じように「静かにしなさい」と言って顔を顰めた。もちろん夜の子供部屋でも口にした。留年児須江子の元気は一向に収まらなかった。

皮肉なことに、この年国民奉祝歌の他に作られた軍歌があった。タイトルは〝月月火水木金

金〟。その意味は、〝休日返上で働きましょう〟という国民への励ましの歌、ある意味では締め付けの歌だった。

……須江子にとっても、フランス語の曜日を大声で繰り返す、最後の機会だったのかもしれない。

十月一日から夏の制服が冬の制服に戻った。須江子はまた〝園〟のなかを「明日から冬の制服よ」と言って歩いた。

この秋、父が建てている小石川の家が無事落成した。建築中にも父に連れられて何度か行ったが、完成した木造の日本家屋は木の香りが一面に漂い、新しい家とはこういうものなのか、と実感させる存在であった。間取りは一階に応接室を含めて四部屋、いや台所の脇に小奇麗な六畳間があったから五部屋であった。父は、

「ここに管理人が住むようにしてある。だれか良い人がいると良いが」

と言っていた。

二階に二部屋で、その奥の部屋は寝室のようであった。庭に小さな池があり、その上に石造りの橋がかかっていた。子供の数が増えるごとに建て増しをした麹町の家の庭は狭く、池も橋もなかったので、須江子は兎のように跳ねてその橋を何度も往復した。

大好きなおせいが十月に見合いをするというニュースがはいってきたのはその直後である。長井の夕食の折、〝おまえも、そろそろ嫁に〟という言葉を聞いていたので強い驚きはなかったが、相手の男性は長崎県出身の敬虔なカトリック信者で、東京に来てＮ電気という会社で働いていると聞いて、〝凄い〟と思った記憶がある。おまけにその男性は、長姉夫婦と同じ神保町の住人という。その男性がカトリック信者であってもなくても、それは母の采配に違いなかった。古い時代には、十代で雇った使用人を雇い主が縁談まで探して身を固めさせる、という習慣があった、と聞いている。

八　クリスマスの行事

おせいの見合い相手は、その顔立ちと気立てに一目惚れして、すぐに結婚を承諾した。須江子はその話を母から聞いた。〝おせいちゃんを嫌う人がいるはずがない〟そう思っていたので、悪い気持ちはしなかった。教会での結婚式は年明けになるらしかった。何故かというと、それまでにおせいは麹町教会で勉強をしてクリスマスに洗礼を受ける。そうすれば、二人は新しい年に信者同士の結婚式を行うことができる。男性の姓は坂本と言い、おせいの苗字は、原田から坂本になるという。須江子はそれらのことを真剣に受け止め、胸を弾ませていた。

麴町教会は、春から深堀神父が荒井神父に変わっていて、クリスマスを迎える準備が始まっていた。子供の須江子に詳しいことは分からなかったが、土曜の公教要理を学ぶために、子供たちが集まる部屋にはいると、右手にクリスマスツリーが飾られている。日曜にミサに授かるために聖堂にはいり前方に進むと、正面の大きな十字架の左手に御子キリストの生まれた厩の模型が置かれている、など目にも鮮やかな変化がある。そしてクリスマス子供会の日程も決まっている。

「ツリーのもとになる木は、樅《もみ》の木というんだよ」

そう母は教えてくれた。麴町の客間にもそれは飾られた。その装飾品は上の姉たちの十代から、箱に詰められ保存され、年に一度開けられた。深緑色の木の枝に金銀の星のかたちをしたもの、赤や青色のガラス玉そして空を飛ぶ天使を模ったものなどを吊りさげる。最後に細いテープを絡ませると、バランスが良くなって、飾りつけは終了する。おせいは毎年その仕事をしてくれた。

しかし家ではキリスト誕生の厩の模型は置かなかった。高齢の父が掛け軸、壺、屏風などの骨董品を蒐集し始めていたので、適当な場所がなかったのかもしれない。麴町教会の聖堂と白薔薇学園の幼稚園にそれは置かれていた。

須江子はその厩の模型に興味を持った。幼稚園にあるものは毎日見ることができた。園児たちに声をかけず一人で眺めた。カトリック信者のだれもが話す、御子誕生の物語が感じられた。確かにそこは粗末な場所だった。聖き母と言われるマリアと父ヨゼフ、籠のなかの幼子キリスト、そして羊と羊飼いたちはすぐに分かった。分からないのは、その後ろにいる〝三人の学者〟と言われる人たちであった。

「東方から星に誘われて来た、生まれたばかりのユダヤ人の王を拝むため」

そして、

「東方で見た星が先に立って進み、幼子のいる場所の上で止まった」

と神父やマ・スールは言う。もちろんそれは新訳聖書の始めに書いてある、と。

〝でも……〟

須江子は納得ができない。

〝星は高いところに輝いている。もし止まったとしても、このベツレヘムというところにある小さな厩が見付かるだろうか？〟

という疑問が湧く。

家に帰って、茶の間で母にそのことを話した。母は一瞬首を傾げたが、すぐに笑いだした。

「中世のころ、占星術という学問があった、と聞く。だから、それで解いたのだろう」

期待していた返事とは違っていた。母はそのままでて行った。

〝年長組をもう一年、それは神様の思し召しです〟と言われたとき、その〝ぼし〟という音から星を連想した。それだけのことだが、母ともう少し星の話がしたかった。それはかつておせいが寄り添いながら話してくれた天の川の話、七夕の夜の〝牽牛と織女〟の話でも良かった。何でもよい。母に甘えて夢のような話がしたかった。
以来、須江子はこの三人の学者の話が、あまり好きではなくなった。

オーバーコート（外套）を羽織る寒さがやってきた。学園のコートは紺色の羅紗製で、父の店で製造する物だった。凍えるような寒い季節、世間には洋式の外套やインバネスという和装コートも着られず、震えている人が多くいることも知らず、朝の市電に乗って〝園〟に向かった。須江子は、良くも悪くも産み落とされた場所の流れに乗って、生きているのだった。
白薔薇学園付属幼稚園のクリスマス会は、日程を早めて行われた。場所は年長組の部屋だったが、年少組の園児も加わっていた。園長の間島先生、一ノ瀬先生、マ・スール・ジャン、マ・スール・マリアンジュと共に、一同は先ずお祈りをし、それからクリスマスの歌を合唱した。
〝静けき真夜中
星は光り

……〟

英語ではサイレント・ナイト……から歌われる、現在では一般化されているクリスマスソングだが、その日本語訳には新教、旧教の違いがあるようだった。〝園〟でもカトリック教会でも、決して、

〝きよしこの夜……〟

と歌わなかった。もちろん十六世紀の宗教革命の知識はなかったが、その決まりはしっかりと身につけ、

〝静けき真夜中……〟

と大声で歌った。

その後、園長そしてマ・スール方のお話があり、神妙にそれらを聞いたが、お茶の時間になるとあちこちから歓声があがるのだった。お茶と一緒に配られたのは、よっちゃんの店の職人が焼いてくれた美味しそうなクロワッサンだった。バターや粉の材料が不足して、パンの製造も難しくなっている、と聞いていたので、その艶のある焼き色を見ただけでも、胸が一杯になった。ふと見ると、マ・スール・マリアンジュがそっと涙を拭っていた。一同はそのパンを祈りながら口にいれた。

すでに須江子は、フランス語ではクリスマスを〝ノエル〟と言うと知っていたが、この日は、

周囲の園児に「ノエルよ」と言って威張ることをしなかった。よっちゃんに心から感謝をした。

そしてこの翌日、おせいの洗礼式が無事終了したというニュースを聞いた。

数日後、須江子はおせいの婚約者坂本氏に会うことができた。兄のように長身ではなく小柄な人だった。

「須江子です。よろしく」

「ああ、須江子さん、こちらこそよろしく」

生まれたときからおせいが母親のように世話をしている話は、すでに坂本氏の耳にはいっているようで、すぐに笑顔を浮かべた。その細い眼が優しく、真面目そうな良い人という印象を覚えた。母は、

「隠れキリシタンの人びとのなかでも、その子孫が、迫害の後もああして無事に生きている。これも神様のお恵みだね」

と手をあわせていた。須江子は嬉しかったが、〝迫害〟という言葉に少し怖さも感じていた。

そして年が明けた。そのころの子供は元日一月一日に年を増やす。つまり須江子は数え年八歳になったが、実際には二月五日の誕生日までは満六歳で、五日が来ると満七歳になる。しかし当時は正月に年を取るのが普通だった。

母は大みそかに夜更かしをしたにも関わらず、元日朝のミサに行ったが、須江子も多見子や安佐子と同様に寝坊をしていかなかった。教会から戻った母と雑煮やおせち料理を味わった。すでに母が用意した着物を着せられていた。

その後の楽しみは羽子板で羽根を飛ばす羽根つきだった。家と店のあいだは狭いので、店のまえの大通りにでて、五姉安佐子と羽根つきを始めた。慣れない着物姿で重たい羽子板を振り回すのは大変であったが、いつもの通り須江子は頑張った。身長が妹より少し高い安佐子は、負けずに羽根を打ち返した。須江子も打ち返した。寒い元日、たくさん汗を掻いた。

その羽根つきに四姉多見子は参加していなかった。女学校への進学試験が迫っていたので、本やノートは開かないまでも、遊ぶ気にはならなかったと思われる。成績の良い生徒はすでに推薦入学が決まっていると聞く。多見子はその中にはいっていないという。はしゃいでいる妹の眼には、〝多見子姉ちゃん、お正月なのに、暗い顔をしている〟と写っていた。かつて母から聞かされた、

〝多見子の二の舞を……〟という言葉は忘れかけていたが、お正月からあんな顔はしたくない、という思いが湧いていていた。

待ち遠しいのは、一月下旬のおせいと坂本氏の結婚式であった。坂本氏の所属教会が神田教会なので、式も披露宴も神田で行われると聞いていていた。

「披露宴には連れて行ってあげるよ」

母は、そう言っていた。

その母が翌日から風邪を引いて寝こんだ。多忙が原因と思われる。その部屋は電話のある応接間の奥の和室だった。医者がきて診察そして薬を飲んで回復に向かったが、床に就いているあいだ何故か末娘須江子のことが気になったらしい。ある日呼ばれていくと、母は小卓をまえに置いて、布団のうえに座っていた。

「ここに座りなさい」

母はそう言って指を差した。須江子はそこに座った。

「いつも騒いでばかりいるけれど、四月から一年生だろう。少し勉強をしなさい」

小卓のうえには去年安佐子が使った国語の読本が置かれていた。

「さあ、これを読んでみなさい」

最初のページを開いた。

「サイタ、サイタ、サクラ、ガ　サイタ」

母は、それをゆっくりと読んだ。須江子はすぐに応じた。

「サイタサイタ、サクラガサイタ」

一気に読んだ。すでに何度読んだことか。その先のページもその先も暗記してしまっている。

さらに算数の読本が開かれる。

「さあ、読んで答えをだしなさい」

須江子は怯むことなく応える。

「一たす一は二、一たす二は三、一たす三は四……」

と続ける。母は呆気にとられたという顔を見せる。そして、

「まあ、この子可愛くないねえ」

と言って溜息をついて、二冊の読本を閉じた。額には汗が滲んでいた。その後母の熱がまたあがったと姉たちが言っていた。子供は正直ゆえ、分からないふりができなかった。大人になってそのことを思いだすたびに心が痛むが、その読本を飽きるほど読んでいたので、舌が勝手に動いてしまい、止められなかった。


若者同士の結婚にはやはり時期というものがあるのだろうか、その直後兄が白薔薇学園女学校の卒業生と見合いをする、それもマ・スール方推薦のカトリック信者という。続いて次姉加也子が東京音楽学校の先輩と結婚する、こちらは恋愛結婚、という二つの大きなニュースが飛びこんできた。二月に満七歳になる末娘須江子にとっては、目も眩むような三組の結婚話であった。

おせいと坂本氏の聖堂での結婚式は、正月騒ぎが落ち着いた一月下旬に行われた。坂本氏の希望で式の参加者は少人数で、簡素に行われたという。披露宴は神保町の中華料理店の二階で行われた。須江子は療養中の光江を除いた姉たちそして新郎新婦の縁者たちと共に、二人の到着を待っていた。着替えその他用事があるのか、家からは一人参加した母と共に訪れるはずの二人はなかなか到着しなかった……。

待つあいだそれぞれが雑談を交わしていた。須江子も姉たちとお喋りをしていた。そして突然、

「須江子、寂しいだろう。おせいが結婚して」

という兄の声が降ってきた。その口調は断定的に聞こえた。誰もがそう思っていたのか、

「寂しいに決まっているわ、須江子」

と続ける五姉安佐子、そして四姉多見子が、

「お母さん代りだったものね、今日は泣きたい気持ちでしょう」

と続ける。

「お母さんが甘やかしたのよ」

という次姉加也子。

「そりゃ、しょうがないわ。四十代で産んだのですもの」

という長姉登紀子。

長井から参加したおせいの兄も、

「お寂しいでしょうが、住むのはこの近くのアパートですから、いつでも遊びにいらしてください」

と締めくくる。

〝お寂しいでしょう〟

いつかそれは、昨年四月早々に、小学校教室の窓から聞こえてきた大合唱、

〝須江子さん、どうして小学校にいらっしゃらなかったの〟

と同じように聞こえていた。須江子は人々に反発を覚えていた。

「誰だって、大人になれば結婚をするのでしょう。おせいさんもその一人、私寂しくなんてないわ」

そう言い返して笑った。

「無理しちゃって」

という声も聞こえていたが、泣き顔などは決して見せたくないと思っていた。

まもなく新郎新婦と母が会場に到着した。おせいのその優しい笑顔と清楚な和服姿、そして坂本氏の幸せそうな表情を見て、須江子は安堵していた。乾杯のまえに母そして一同は十字を

切って祈った。

九　結婚する人びと

まもなく須江子の誕生日、二月五日になった。ケーキに蠟燭を立てて祝いの歌を歌う時代ではなく、母は「寒いから、温かいものを」と言って茹で小豆を煮てくれた。砂糖が手にはいりにくい時代、その甘味が喉に染みた。

「霊名の聖人、アガタ様にお祈りをするんだよ」

と母は言った。カトリックカレンダーに寄れば、この日は聖アガタの祝日であった。八回目の出産後、特に考えることもなく、この霊名に決めたらしい。母の霊名は聖エリザベト、父の霊名はアシジのフランシスコと聞いていた。

それから数日後、見合いをした兄がその相手を気にいり、先方も同じ気持ちで話がまとまったと教えてくれた。母はさらに続けて、

「それがね、みち子さん、……相手のお嬢さんの名前だけど、霊名が須江子と同じ聖アガタなんですって」

と言った。母は喜んでいたが、須江子は嬉しくもなく、特に嫌でもなくその話を受け止めた。

結婚とはどういうものなのか、日々その言動に接している兄の結婚ゆえ、子供なりに興味は湧くが、まだその実体が理解できるわけではなかった。

「お兄ちゃんは徴兵検査で、甲種合格になった。いつ召集されるかも分からない。そのまえに、せめて子供の一人でも作ってもらわないと」

と言われと、さらに混乱するのだった。

次の日、四姉多見子、五姉安佐子を加えて、

「あなたたち、お兄さんの結婚後は、みち子さんを〝みち子姉さん〟と呼びなさい」

と半ば命令のように言った。須江子はすぐに「はい」と答えたが、多見子は無言、安佐子は小声で返事をしただけだった。

後になれば、母は〝家〟の跡継ぎだけを考え、個々の気持ちを無視して言ったと分かるが……、進学がまだ決まらない多見子にとっては面倒な問題であったと思われる。

母は〝園〟にもよく顔をだした。それは須江子の送り迎えではなく、別の用事がある、という様子だった。親代わりでもあった間島先生に会って話をすることもあったと思われるが、身体の弱い多見子について、学校側の意見を聞きにくる、そして話し合うのかもしれなかった。

校門の近くで母の着物姿を見つけると、須江子は何故か緊張した。

今年になって多見子は眼鏡をかけるようになっていた。机のうえに新しい眼鏡をかけたり外

したりして勉強している姿は、〝二の舞を演じないように〟という母の言葉を思いださせるもので、横目で見ても辛く悲しく思えた。

無事女学校進学のニュースがはいったのは二月の末である。周囲は喜び安堵の色を浮かべたが、本人はその夜から高熱をだして寝こんでしまった。また医者を呼んで診察をしてもらう。ただの風邪とわかったが、微熱がなかなか取れなかった。枕元には雛祭りの赤い毛氈、そして段のうえには内裏様の白い顔、桃の花などが見えた。多見子は須江子が差しだす雛あられを〝要らない〟と言って横を向いた。夕食の粥や煮魚も残した。栄養を取らないと、熱はさがらないと周囲は心配した。

白薔薇学園のマークがついた、新品のランドセルが須江子の手元に届いたのはそのころである。それはその牛革の艶といい、匂いといい、いまさに新いりの小学生が使う学用品のシンボルであった。須江子は歓声をあげてそれを胸に抱きしめ、それから背に乗せた。足踏みと共に〝小学生、小学生〟という声も飛びだした。

しかし……、一年間、幼稚園留年をしているあいだに〝小学生〟という言葉は消えようとしていた。

何ということだろう。日本国は、この四月から〝小学校〟を〝国民学校〟と改めると決め、それを発表したのである。ランドセルや筆箱、鉛筆、消しゴムなどは手にしたとはいえ、〝小学生〟という言葉が消えたのは衝撃であった。あの日教室の窓から、〝須江子さーん、どうして小学校におはいりにならなかったの〟という声が再び聞こえてくるような気がした。あのとき入学していれば、本物の小学生になれた筈だ。新しい〝国民学校〟という言葉は堅苦しく聞こえて、なかなか馴染めなかった。

五姉安佐子の話によると、これまでの一学年二組のA《アー》組、B《ベー》組が、今年から櫻組と菊組に変わるという。

「日本はどんな国になっていくのかしら」

夜の子供部屋で、この四月三年生になる五姉安佐子はそう呟いていた。

さらに姉たちが学んだ小学一年生、母が須江子に〝読みなさい〟と言った国語の読本も変わった。最初のページには、

〝アカイ、アカイ、アサヒ〟

と書かれていた。

「日の丸を表現しているのでは」

という意見がでたが、大人たちはそれを大声では言わなかった。母に読みなさいと言われた、

〝サイタ、サイタ、サクラガサイタ〟

は永遠に消えてしまったのである。

須江子はその夜よく眠れなかった。

兄将一とみち子の結婚式そして披露宴は、その年の五月の初旬、次姉加也子と作曲家としてすでに世に出ている小古田《こふるた》一郎の結婚式は、五月下旬と決まった。どうしてこの二組の結婚式が同じ月に行われるのか、須江子には分からなかったが、母の采配ではなくそれぞれの都合によるものらしかった。どちらも東京市内で行われる、と聞いていた。

長姉登紀子の結婚時は数え年二歳であったので、記憶がなかった。それゆえ、二組の結婚式は楽しみであり、興味の湧く話であった。

しかし須江子はそのまえに、麴町教会のある儀式を受けなければならなかった。

それは〝初聖体〟の儀式である。洗礼の儀式を受けたカトリック信者は、次の儀式としてこれを行い、初めてキリストの御体といわれる白い小さなパン聖体を口にすることができる。慣習として小学校一、二年の学童が受けるとされている。四姉多見子、五姉安佐子はすでにこの儀式を済ませている。虚弱な多見子のときは、最初から母がつき添っていたと聞く。五年後の現在は、教会の神父その他が滞りなく準備をしてくれるので、その必要はなかった。

……しかし、一つだけ問題があった。現在は〝赦しの秘跡〟と呼ばれているが、儀式のまえに当時〝告解〟と言われていた秘跡を受けなければならない。つまり、犯した罪を神父に話し、赦しを得る儀式を完了させないと聖体を受けることができない。

それらは全て聖堂の脇にある、小さな部屋、告解部屋で行われる。告解部屋にはいり、閉じられた窓に向かって跪く。すぐに窓のカーテンが開けられる。さらに薄いカーテンが残るので、そこで待ってぃる神父の顔はほとんど見えない。神父からも見えないように作られてある。十字を切って、そこで犯した罪を告白する。

初聖体を受ける一週間まえに、須江子はその告解をするため一人教会に向かった。公教要理の日々に、何度か練習をしてきたから、すでに手順は覚えてきたが、自分の心のなかと向き合い、その汚れを言葉にすることはとても難しかった。告解部屋の狭い空間にはいると、誰も助けてくれない。すべて一人で行う。それは孤独との戦いでもあった。須江子はひたすら緊張した。これまでこれほどの緊張をはしたことがない、と思うほどであった。

……過ぎた日々の心のなかを、何度も見詰める。実際には見えないが脳の働きが、恥ずかしい日々の自分を映してくれる。


〝母に嘘をつきました〟

〝安佐子姉さんと、喧嘩をしました〟

〝友達に威張りました〟

さらに、

〝大人の世界に、興味を持ちました〟

と加える。


兄や次姉の結婚に対して、妙な関心が湧き、落ち着かない気持ちになったり、身体が妙に熱くなったりすることは、身体に潜在する性欲と思われるが、まだそれは意識にのぼっておらず、〝興味〟という言葉で表現する。母に、

「告解室の神父様の後ろに、神様がいらっしゃると思って」

と言われ、精いっぱい頑張った。須江子が告白した後、

「それだけです」

と告げると神父は祈りを口にし、最後に、

「ご安心なさい」

という言葉をかけてくれた。

須江子は告解部屋をでて、聖堂の席に戻った。神父に贖罪として〝主禱文〟を一回、〝天使祝詞〟を一回唱えるように言われたので、その祈りを果たし、聖堂を後にした。

〝ああ、これで初聖体を受けることが可能になる〟

生まれて初めての実感が湧いていた。

静かな番町の住宅街を数分歩いたが、一足ごとに緊張がほぐれるような爽快感を覚えていた。それは生まれて初めて味わう感覚であった。ジャングルジムのてっぺんに登ったときの快感とは異なっていた。

道の外れに、父が月に一度行く床屋があり、その赤、白、青のポールがいつもの通り回っているのが見えた。その先は電車通りで、右手は四谷、正面は赤坂、左手は麴町となる交差点で、家はその先だった。いつぞや教会の庭で〝これが私の長女です〟と言った父の声が耳に残っていた。須江子は老いた父の匂いを感じながら、その通りを早足で渡った。

十　電車の窓ガラスに写る自分

二組の、それも身内の結婚式を目前にすると、数え年八歳の子供にも、〝結婚には見合い結婚と恋愛結婚がある〟と分かってくるのは当然のことであった。まもなく義理の姉となる中山みち子は、兄より七歳下の丸顔で健康そうな女性であった。初めて会ったとき、「一度、浜町に遊びにいらっしゃい」

と声をかけてくれた。実家は日本橋浜町で清涼飲料水を製造販売しているという。

「所属の教会は、明石町の〝築地教会〟です」

と付け加えると、母は、

「東京で最初に完成したカトリック教会ですよ」

と教えてくれた。母が導かれて洗礼を受けた神田教会よりも古いのか。須江子には、安心感のようなものが生まれていた。

それに比べて、次姉加也子の夫となる小古田一郎は、加也子より四歳年上、もちろんカトリック信者ではなく、一見して訳の分からない男性であった。大きな鼻のうえに度の強い眼鏡をかけているせいか、表情が良く読めない印象があった。

母は、

「一郎はすでに東京音楽学校の〝選科〟〝研究科〟〝邦楽科〟を卒業している秀才」

「住まいは谷中、寺町だそうだ。両親と弟が一人いる」

「父親は勤め人だが、先祖は栃木県の神社で横笛を吹いていた。母親は和裁や刺繍などを好む手先の器用な人」

と教えてくれた。

一度母に連れて行ってもらった小古田家は、家も庭も和風で、羅紗問屋という仕事柄、和洋折衷の須江子の家とはかなり異なっていた。店の主人と使用人、そしてその家族は、店と家を一つの世界または大きな輪と思い、そのなかで呼吸をして暮らしていたが、一郎は極めて〝異物〟と感じられる人物だった。

　周囲は〝作曲家〟または〝芸術家〟と呼び始めていたが、加也子が、

「一郎さん、作曲をするときは、電気を消して、行灯を置き、細い灯芯に火を点けて、その薄闇のなかで、そのお琴の弦一本一本に触れていくのよ」

　と話すと、聞いた者のほとんどは、無言になり、答えを返す者も、

「凡人には分からない話ですね」

　と言うだけであった。

　それでも須江子はその風景を頭に描くことができた。闇のなかに揺れる小さな光、一郎と琴、その和室と奥の庭、琴の弦と指にはめた白い爪が浮かんだ。それだけで響く音は何も聞こえてこなかった……。

　ところが、不思議なことにこの小古田一郎は、よく話をした。長姉登紀子の夫直井晴雄に比べるとかなり口が達者で、大人が言う〝お世辞〟も上手だった。須江子の耳にもそれらの言葉はいってきた。〝可愛い〟と言われるならまだしも、〝日本一の美人だね〟と言われるので、妙な気がしてならなかった。母は笑いもせず、

「おべんちゃらさ、聞き流しなさい」

と声を張った。

須江子に、父や母がこの結婚に反対している空気は感じられず、使用人たちのあいだにそうした声も流れていなかった。加也子は箏曲家で、数え年二十七歳になっていたゆえ、〝東京音楽学校の同窓生でもあるし…〟〝やむを得ない、これも縁ではないか〟という気持ちになっていた、と思われる。

しかし、母は兄の妻になるみち子という女性を〝結婚したら、みち子姉さんと呼びなさい〟と言ったように、その男性を、

〝一郎兄さんと呼びなさい〟

と、須江子どころか他のだれにも、決して言わなかった。


須江子は、やっと国民学校一年生になった。以来四谷駅から飯田橋まで省線で通うようになった。その後省線は国鉄となり、現在はJRと呼ばれるようになっている。町名通りその四谷は谷の地形を持ち、四谷駅のホームは市電が走る青銅の橋から見下ろす位置にあった。須江子はランドセルを背負い、日々改札からその長い階段を降り、ホームに立った。もちろん制服を着て、制帽を被っている。そこに千駄ヶ谷方面から電車がはいってくる。電車の窓硝子が光っている。徐行から停止までのあいだ、その硝子に自分の姿が映るのが楽しみだった。家に

姿見はあったが、学校に行こうとしている姿は普段着の姿とは違っていた。しかも群衆のなかである。何かがこれから始まるような、まえに進む様子が感じられ、胸が弾んだ。毎朝その姿を見ているうちに、須江子はあることに気づく。

〝私は、私の姿をこうしてガラスに映してみることしかできない〟

〝他の人は映さなくても見ることができるのに……〟

眼で見える範囲での、他の人と自分との違いが分かる。以来、電車の窓ガラスが好きになり、電車を待つのが楽しみになった。学校の帰りも、お茶の水方面からくる電車を待ったが、学友が多数いて、午後の時間帯でもあり、朝のような気持ちにはならなかった。

〝見ること〟は、いつのまにか習性になっていた。特に積極的な行為ではなかった。家のなかの、大人の世界が目まぐるしく変わるので、それらを消すことも修正することも叶わず、ただ〝見ている〟よりほかに他に方法がなかったのである。

国民学校一年櫻組の担任は、久保田先生という日本人マ・スールだった。櫻組と久保田先生は望んでいたことなので、須江子は飛びあがって喜んだ。一階の教室に並ぶ机は二人掛けのものので、となりに座った友と勉強の話ができると期待もした。席決めをする日、少し遅れて教室の後ろのドアからはいってきた生徒がいた。見るとその生徒は同じ〝園〟の制服を着てはいたが、毛髪が茶色く肌の白い西洋人で、背も高かった。久保田先生は一同にその生徒を紹介した。

「レヴァさんといいます。今日からこの組の生徒、皆さんのお友達です」

一同から溜息ともつかない、妙な声があがっていた。中央に立ったレヴァさんは、たどたどしい日本語で
「レヴァです。ごきげんよう」

と言った後お辞儀をした。

「さあ、拍手でお迎えいたしましょう」

その声にやっと拍手が湧いた。それから一人一人の席が決められた。幼稚園時代は〝背の順〟という決まりがあったので、この教室もそうなるだろうと思い、須江子は何も考えずに後方に立っていた。

最初にレヴァさんの席が決められた。長身にも拘らず窓際の最前列の席であった。久保田先生は何か気を遣っているようにも見えた。

「そして、そのとなりは……」

と言って辺りを見回し、その視線がこちらに近ついたと思った瞬間、

「鈴田須江子さん、こちらがあなたのお席です」

という声が聞こえた。

〝えっ、私が、あの人のとなりに〟

衝撃が走ったが、母に指示されたときと同じように、すぐにその言葉に従った。それから次々と席が埋まっていった。見た目には、背の順ではない分け方に思えた。授業はその体制で国語、算数、理科と続いた。となりの席に腰かけてすぐは、その横顔を見ることも話しかけることもできなかった。座高が違うのか、顔の位置は須江子より少し高いところにあった。フランス系のミッション・スクールにはいってきたのだから〝この人はフランス人に違いない〟と思ったが、〝どこの国からきたの〟と訊ねることもできない苛立たしさが湧いていた。

その日の帰宅後も、

〝どうして私があのレヴァさんという人のとなりに座ることになったのか〟

と考えた。いや考えたくなくても、明日からの学校生活を思うと、気になって仕方がないのであった。久保田先生は何も言わなかったが、選ばれた理由は、自分がカトリック信者であることが一つ、もう一つは幼稚園を留年したこと……、その二つに思えてならなかった。となりに座った友と、勉強の話ができるという期待も外れ、新しい孤独感が湧いていた。

夕食の折、母や姉たちにその話をした。

母は、

「久保田先生は、そのレバーさんを、おまえに託したのだよ」

とそのレヴァを、肉のレバーのように発音してそう言った。

「違うの、レバー、ではなくて、レヴァ、というの」

「また始まった、須江子の〝気むずかし〟が」

「気むずかしの須江子、いい加減にしなさい」

と姉たちも言う。

いつのまにか、末娘須江子は家族に〝気むずかし〟と言われるようになっていた。結局、皆に笑われてこの話は終わった。

翌日も同じように〝園〟に行った。そしてレヴァさんのとなりの席に腰かけた。数日間は我慢比べのような気持ちで過ごした。そのうちにその友は〝日本語があまり話せない〟〝弁当箱には、いつもパンがはいっている〟と分かった。須江子が話しかけても返事は戻らず、レヴァさんからも話しかけてくることはなかった。つまらない気持ちが日に日に胸に溜まるのを感じていた。居心地も悪い。何とか遣り取りをしたい。良い方法はないものか。

ある日の授業中、須江子は右手に持っている鉛筆の芯をそっと左に持ち替え、レヴァさんの腿を突いた。合計三度突いた。最初は反応がなかったが、三度目に突いたときに微かに声が聞こえ顔を見ると、その青い目に涙が滲んでいるのが分かった。泣かせるつもりではなかったので〝ごめんなさい〟と謝ろうと思ったが、騒ぐと久保田先生が気づくと思い黙っていた。以来二度と鉛筆で突くことはしなかったが、間にある見えない壁は硬く、緊張感は続いていた。

そのときの須江子は、異国の学校に入学した、その友がどんなに孤独であるか思い遣ることができなかった。教会の神父に教わる〝愛〟の心もまだ熟さず、母に〝多見子の二の舞をさせない〟と言われて、留年させられた混乱も消えていなかった。二学期になるまでこの状態が続くのか。久保田先生は、何か気づいていたのか、いなかったのか須江子には分からなかった。

十一　築地教会

五月になれば築地教会で〝みち子姉さん〟の花嫁姿と兄の花婿姿を見ることができる。それだけが須江子の楽しみであった。式の行われる築地教会は、どんな教会なのだろう。女学生になった四姉多見子も同じように思っていたのか、夕食時にそのことを母に訊ねていた。

母は、麹町教会の人びとと何度か行っているらしく、

「東京で一番先に建ったカトリック教会ですよ」

と嬉しそうに答えていた。続いて、

「最初の教会は、関東大震災で焼けてしまいました。現在の教会は昭和二年に建設されました。かつては外国人居留地だったので、その雰囲気が残っている教会ですよ」

と答えていた。言葉遣いが須江子と話すときと少し違っている。〝キョリュウチ〟とは、住んでいた地ということか。

「建物は、教会としては珍しいギリシャ神殿パルテノン様式、と聞きました。聖堂のなかには、洋風の鐘も置かれていて、ミサの折には使用されています。銅製だそうです」

「洋風の鐘……、それはどんな音色がするの」

「日本のお寺の鐘と違うのは、木で外側から叩くのではなく内側の、〝舌〟と呼ばれる鉦で鳴らすのです。その鐘は、外国ではとても高いところに吊るされているので、街の隅々まで冴えて優しい音色が聞こえるそうです。まるで天から聞こえるように」

「そんな音を、一度聞いてみたいわ」

多見子はいつになく、高い声をあげてそう言っていた。


当日は晴天であった。

安佐子と須江子は白薔薇学園の制服を着るように母に言われたが、女学生の多見子は着物を着せられていた。帯を締められた後何度も姿見のまえに立ち、自分の姿を眺めていた。着物は新品のようだった。家庭教師、その着物、母は姉多見子の面倒をよく見ていると思えた。大正時代、店がまだ小さかったころにはできなかった贅沢をしているのかもしれなかった。それでも多見子は特別に思え、〝私たちは第二部の子供〟と考えると、多見子は長女とも思えた。

紋つきの着物を着た母と、一緒にハイヤーに乗って築地に向かった。まもなくその地に到着した。

「ああ、凄い、この建物がギリシャの神殿なのね。その先はなんて言ったかしら」

「パルテノン様式ですよ」

多見子の声はいっそう高くなっていた。

「石の柱が何本も並んでいるわ。一、二、三……」

と数える安佐子。

確かに、階段を数段あがった聖堂入口のまえに、白い石柱が並んでいた。その三角の屋根の上には聖堂である証明として、十字架が掲げられていた。須江子は茫然と立っていた。声を発することもできず、朝日に光るその十字架を見あげた。その向こうには青空が広がっていた。

「ああ、今日は、良いお天気」

「何を言っているの、立派な教会を見た途端に、お天気の話なんて」

「本当に」

姉二人は、須江子を見て笑った。

「さあ、静かに聖堂のなかにはいりましょう。これからお兄さんの結婚式が始まります」

母の顔つきは引き締まり、背筋も真っ直ぐになった。須江子の母どころか多見子、安佐子の母でもなく、跡取り息子の母親の姿になっていた。〝多見子姉さんの、二の舞を演じないように〟という言葉が遠くなったようにも思えた。耳に残っていた声も薄れてしまっていた。そのうちに、忘れてしまうのだろうか。姿勢を正した母の姿を見ていると、そんな気がしてくるのだった。

聖堂にはいると、その独特の香りが強く感じられた。前方にはすでに両家の親族が集まっていた。父の五吉が店の番頭を伴った姿も見えた。兄は家の跡継ぎと共に店の跡継ぎでもあった。みち子の親族中山家の人びとも鈴田家に劣らず多人数であった。長姉登紀子と夫直井の後ろ姿が見えたのでその列まで歩き、静かに腰をおろした。登紀子はすでに三人の子持ちになっていた。

目のまえには、麴町教会と同じ〝ひざまずき台〟が備えられていた。通常のミサは、ひざまずいて祈り、福音の鐘が鳴ると立って十字を切り、そしてお説教は腰かけて聞く、という決まりになっている。今日のミサも同じようなのか、そんなことを思いながら、須江子は呼吸を整えた。

オルガンの音が聞こえると同時に、仲立ち人に手を取られた花嫁みち子姉さんは、後方からはいってきた。当時は〝白無垢〟と言っていた和装の花嫁姿で、頭もその白い布で覆われていて顔はほとんど見えなかった。〝見たい〟と思っていた顔が見られず、残念な気持ちがした。後に日本でその通路は〝ヴァージンロード〟と呼ばれるようになったが、その言葉も現在は使われなくなっている。すでに花婿である兄は祭壇のまえに立っていた。母がモーニングと言っている男性の礼服姿である。服装のせいかいつもより身長が高く見えた。表情はいつもより少し和らいで見えた。

それから神父をあいだにして花婿と花嫁の誓いの言葉が聞こえたが、やはり花嫁の顔が見えず声も小さく期待外れという感があった。〝なにごとも控えめに〟というのが、当時の女性の美徳だったのか。二人の新居は父がそのために建てた小石川の家と決まっていた。

よく覚えているのは、ミサが終わった後別室で両家が交わす親族の紹介だった。みち子には弟と妹がいたが、すでに弟は大学生妹も女学生で、須江子のような子供の姿は見えなかった。

両家の紹介が終わった後、みち子の妹が、

「ふき子です」と近づいてきて、

「まあ、可愛らしいお嬢ちゃん」

と言ったのち、

「須江子ちゃん、どうか義理のお姉さんをよろしく」

と頭を下げた。

「一緒に住まないの」

どう対応して良いかわからず、〝義理〟という言葉も耳に慣れず、そんな言葉を返すと、傍らから長姉登紀子が、

「須江子、〝こちらこそよろしく〟と言うのですよ」

と教えてくれた。

「こちらこそ……」

やっとそれだけが言えた。

それから安佐子や多見子にも挨拶があった。安佐子はごく普通の返事をしたが、多見子が返す声は先程〝築地教会を見た瞬間にあげた高い声よりも、ずっと低かった。そのあいだ義理のお姉さん、義理、ギリ、という言葉が飛び交った。その言葉の連発に須江子は、

〝式のまえは、ギリシャ神殿の話をしていたのに……、式の後はギリの話なのか〟

そんなことを考えた。下町生れの母から受け継いだ、駄洒落の血が動きだしたのか、須江子はしばらくのあいだ、ギリ、という言葉に取り憑かれていた。その義理は、須江子の先の人生を左右する言葉になっていくことも知らず、呟いているのだった。

でも音楽家同士の結婚を学校関係者は喜んでくれて、祝福の声もあり、そのせいか話が長くなってしまった、とも。

そして、

「結婚後、二人はうぐいす塾に住んで、一緒に音楽活動をするそうだよ。」

と教えてくれた。

「本当なの」

須江子は喜んだ。兄夫婦が小石川に住むことに一抹の寂しさを覚えていた須江子は、その日初めての歓声をあげた。そして忙しかった五月は終わった。

六月の最初の登校日、久保先生は突然、

「席替えを致します」

と言い、一同を立たせた。思わず須江子はレヴァさんの顔を見たが、こちらも驚いている様子で、先生に須江子のことを話したのかどうかは分からなかった。その結果、須江子の新しい席は後方の窓際になり、となりに座る友は長身の渡部乃里江と決まり、次にレヴァさんの隣に座る友は、級長さんの深田みゆきさんと決まった。父親がどこかの学校の校長先生をしているというみゆきさんは、特に嫌そうではなく、笑みを浮かべながら、そのなかほどの席に腰かけていた。

須江子は隣席の乃里江とすぐに仲良くなった。偶然にも乃里江は築地の本願寺近くに住んでいた。父は医師で、その地で医院を開いているとのこと、長女であり兄と妹がいると話してくれた。

「私の家は羅紗問屋、学校の制服も作っているの」

「知っているわ、櫻組担当の鈴田さんでしょう」

乃里江はすぐにそう言ったので、二人は笑いあった。こうして須江子には初めての〝園〟の友ができた。幼稚園の年少組のころは、まだ近所の子供たちと遊んでいた。麹町、紀尾井町などはほとんど住宅街であったが、電車通りに面したところには中小の商店が並んでいて、それぞれの店に親と子供が住んでいた。

豆腐屋のみっちゃん、店先に大きな鎧兜が置かれている古道具屋のしずえちゃん、いつも店先で煎餅を焼いている煎餅屋のきよちゃん……、などがいたが、学齢になると近くの公立小学校、番町小学校に入学した。そこで縁が切れてしまうのだ。母はそれらのことは知っていたと思うが、

「あそこは、須江子の行く学校ではありません。あなたはお姉さんたちと同じように白薔薇学園に行くのです」

と言って澄ました顔をしていた。

学校が休みの日に、市電を使って築地の乃里江の家に遊びに行くことから、その交流は始まった。麹町は宮城（現皇居）の見える半蔵門に近い。市電はそこから三宅坂を下り、日比谷を経て銀座を通り抜けて築地に着く。当時路面電車の停留所は、安全地帯とも呼ばれていて、道路からそこに渡るときだけ注意すれば、後は電車が運んでくれるのだった。

乃里江の住まいは医院の二階で、訪ねると和服姿の美しい母親が挨拶に現われ、

「まあ、麹町からいらしたのね。今度お席がおとなりになったそうで」

と言って歓迎してくれた。母親の姿が消えてから、二人は本願寺の方角に向かった。初めて見るその寺は見あげるほどの大きな寺だった。知っている寺は、四谷駅に近い心法寺という寺だけだったが、比べものにならなかった。本堂にはいらずその横を通って裏庭のような場所に行った。壁ばかり続いていて、何か寂しげなそして秘密めいた場所に感じられた。

「お兄ちゃんが、先月築地教会で結婚式を挙げたの」

「あら、そんな年のお兄ちゃんがいるの」

「そう、いるの」

「あなたと幾つ違うの」

「十九」

「へえ」

新婚旅行に向かうとき、大勢の友達に揶揄われていた話はしなかったが、この裏庭なら秘密の話ができる、という気がしていた。大人の世界を覗いてみたい、そんな欲望も湧いていた。それは初めての友達、話し相手としての友ができたという気持ちでもあった。


再び市電に乗って家に帰ったその夜、茶の間で夕食の席に座った母が、

「ああ、やっと坂本とおせいの引っ越しが終わった」

と言って皆を見回した。

「えっ、おせいの引っ越しって、なんのこと」須江子は驚いてそう訊ねた。

「言わなかったかね、坂本とおせいが小石川の家の管理人になることを」

「知らないわ」

坂本とおせい夫婦は、神保町のアパートにいたはずだ。〝私の知らないうちに……〟

須江子は口を尖らして母の顔を見た。

「これは大人同士の話し合いのもとに行われたことだからね」

〝子供は黙っていなさい〟と言わんばかりの表情であった。

「坂本は元通り、あの家から芝の会社まで通う。そして休みの日は、庭の掃除その他力仕事を

する。おせいは家事専門。それで家賃はなし、だから損はさせていない」

母は一気にそう言った。商人の妻として長年生きた人の言葉だった。反論はしなかったが不満は残った。何故なら〝おせいは私のおせいちゃん〟という執着が残っていたからだ。坂本という長崎出身の男性との結婚は賛成したけれど……。大好きなおせいちゃんを兄に取られてしまったような、寂しさを感じていた。

兄とみち子姉さんはすでに新婚旅行から戻っていて、小石川の家で新婚生活を始めているようだった。

「さあ、明日は学校だろう。支度はできているのかい」

母にそう急き立てられ、仕方なく須江子は子供部屋に向かった。

月曜日の二時間目は音楽の時間だった。乃里江と並んで音楽室に向かった。一年櫻組の教室にはオルガンもピアノも置いてなかった。音楽室に入るとすぐに歌が始まった。

海は広いな　大きいな
月がのぼるし　日が沈む
海は大波　青い波

ゆれてどこまで　続くやら

海にお船を浮かばせて

行ってみたいな　よその国

この「ウミ」という歌が昭和十六年、文部省の〝歌の本〟に初めて掲載された。歌いやすく須江子はすぐに覚えたが、四姉多見子も五姉安佐子も知らない歌であった。それまでは〝唱歌〟と呼ばれていた。国民学校になってから、色々なことが変わっていくように思えるが、この三番の歌詞（林柳波作詞）、

行ってみたいな　よその国

には、まだ他国への憧れが感じられ、敵として憎む気持ちはない。

驚いたのは乃里江の歌唱力であった。とにかく声が大きく良く通る。須江子も歌うのが好きであったが、比べものにならない声に思えた。歌っている顔を見ると、その口が発声と共に大きく開かれそして動くのが分かる。周囲におちょぼ口と言われている須江子には真似のできない歌唱だった。しかし幼稚園時代、その留年中も頑張った鉄棒の逆あがりだけは、まだだれにも負けていなかった。

レヴァさんのことが時折気になったが、最近欠席が多くなっていた。今日も音楽室にその姿はなかった。次姉の加也子は、結婚しても〝園〟の教師は続けていた。たまに稽古場となっているお作法室に顔をだすと、

「お休みの日に、うぐいす塾にいらっしゃい。お琴を教えてあげるから」

と誘いをかけてくるのだった。小石川の兄の新居は現在の文京区で、一人で市電に乗れるといっても、やはり近くのうぐいす塾、いや加也子の住まいの方が行きやすかった。しかもその家は、かつて近所の友達とゴム縄跳びをして遊んだ広い道の方角にあった。その先に上智大学の、レンガ造りの校舎が見える場所でもあった。

十三　霧ヶ峰吊り橋事件

生田流の琴の爪はすでに持っていた。母が用意して木箱いりのものを受け取り、その先の四角い爪を親指と人差し指にはめて、いつか琴の弦を弾くようになっていた。しかしそれは加也子の結婚前のことであった。それらをそのまま続けて良いのか分からなかったが、須江子はいつもの勢いで、うぐいす塾の玄関を開け、稽古部屋にはいってしまった。そこには二面の琴が向かいあって置かれている。幸い他の生徒の姿もなく、思い通り琴のまえに座ることができた。

加也子の足音が聞こえたので急いで爪をはめた。

「では始めましょう」

琴のまえに座ると、相手が妹であろうと教師口調になる次姉加也子だった。目のまえには譜面が置かれていた。横に長く延びる弦は十三弦あり、それらの音を変えかつ支えるものを、琴《こと》柱《じ》と呼んでいた。音は手前の弦が一番高音で、先へ行くほど低音になっていた。従って十三の琴柱はほぼ斜めに並んでいる。後は譜面を読むこと、である。

一から十、そして斗《と》、為《い》、巾《きん》、と並ぶ。

この三つの漢字が、十一、十二、十三を意味すると理解し、指がその通りに動いて音がでると、譜面が読めたということになる。須江子はすぐにその法則を覚えた。しかしかつて〝多見子姉さんの二の舞を演じないように〟と言った母は、〝加也子姉さんのようにお琴を弾きなさい〟とは言わなかった。婚期が遅れると思い、むしろ勧めないようにしていたと思われる。従って遊び半分に角爪をはめて、弦をいじっていたに過ぎない。それでも加也子は、

「下の三人のなかでは、須江子が一番、お琴の素質があるわ」

と言っていた。

楽しみは稽古が終わったのち、小古田一郎と三人でおやつを食べお茶を飲み、その後トランプを取りだし、ババ抜きをすることだった。

そのトランプ・カードは谷中の実家から持ってきたのか、鈴田の家では見たことのないほど色褪せていたが、妙に厚みのある時代ものであった。しかし遊びかたは同じで、恐ろしい顔をしたババのカードが自分のところにこないように、仮にきてもすぐに人のところに運ばれるように、人の顔色を窺いながら指先を動かすゲームなのだ。次姉加也子の顔色は見馴れていたが、ババのカードを持ったとき義兄一郎の顔がどのように変化するのか、まったく見当がつかなかった。

その度の強い眼鏡、大きな鼻、無精ひげなどが邪魔になり、頬の動きが見えてこない。最初はそう思い緊張しながらカードを握っていたのだが……、その推測はまったくの勘違いとわかる。須江子は大家族のなかで育ち、知らないうちに人の目を気にして、「どうかしたの」と言われないようにする術を身につけている。四人家族でのんびり育った人は、その訓練ができていない。妻の加也子もそれに気づいていたようだった。

「一郎さん、ババがくるとすぐにババがきた、という顔になるわ」

そう言っていた。須江子も大きく頷いた。

「耳は、人一倍優れている。どんな音でも聞き分ける」

妻の加也子は平素作曲家の夫をそう褒めているが……、他にこれといって取り柄がない。だから、義兄一郎とのババ抜きは楽しいのであった。

家に帰ったその夜、食卓に赤飯が並んだ。上に振りかけるごま塩も置かれていた。それぞれの茶碗に赤飯は盛られた。もち米が手にはいりにくいご時世であり、安佐子と須江子は歓声をあげた。いつもの通り食前の祈りを唱えてから母は言った。

「今日は多見子姉さんが、大人の女性になったおめでたい日です。さあ、みんなで祝っていただきましょう」

〝大人の女性〟って何だろう。

意味を考えるより先に箸が動いた。甘みと塩の絡まった独特の味が舌に染みた。隣に座っている安佐子が「あれよ」と囁いて、須江子の脇を突っついた。〝ああ、あれ〟と答える。かつて姉二人に教えられ、少しだけその知識があった。母は、キリスト教の信仰を守りながらも、古い日本の慣習を守り、娘に〝あれ〟が始まったとき、祝いの赤飯を炊く親なのであった。

「本当に良かった、これは無事に育った証拠だ」

母は笑顔でそう言ったあと、

「あの地震で、東京が変わってしまった。下町も山の手もすべて」

と言って顔を覆って泣きだした。周囲は驚いて箸を止めた。あの昼間の大揺れ、関東大震災から多見子を出産するまでの苦労を思いだしているのだろうか。その多見子は未熟児だったが、

〃やっとこの日まで育った〃と言いたかったのか。これらの須江子の想像は後になって分かったことで、そのときはまったく理解できなかった。子供部屋で寝る時間になったとき、安佐子は〃あれ〃について詳しく説明してくれたが、その姉にもまだその訪れはないようだった。女性、女を意識するようになったのはその日以来である。

そして国民学校になってからの初めての一学期が終わった。梅雨も明けていつのまにか七月になっていた。講堂での終業式の後、須江子は安佐子と一緒に飯田橋駅まで坂をくだり、省線に乗って家に向おうとしていた。頭のなかには、優、良、可という語が並び、消えていかなかった。この学期からつまり昭和十六年七月から、白薔薇学園の成績表は〃通信簿〃という名称に変わり、その点数表記も、甲、乙、丙、丁から、優、良、可に変わっている。優のうえに、秀、があったらしいが、一般には〃優良可〃といわれていた。この日、櫻組の教室のなかでは〃全優〃という言葉が飛び交っていたが、須江子は全優ではなく、良が一つだけあり、後は全部優であった。それでも母に見せるのが恥ずかしいということはなかった。……そんなことを考えながら省線に乗り、ふと安佐子の顔を見ると、涙ぐんでいるのに気づいた。おなかでも痛いのかと心配になって、

「安佐子姉ちゃん、どうしたの」

と訊ねた。その返事は意外なものだった。

「須江子は良かったわよ、幼稚園を留年して、一年生になったから、お勉強ができて。……私は十月生まれで……」

それから涙を拭い、

「この通信簿をお母さんに見せられないわ」

と加えた。

〝多見子姉さんの二の舞を演じないように〟と母に言われて一年数ヶ月が経っている。その話を安佐子とは一度もしていない。その安佐子に〝留年が良かった〟と終業式の日に言われるとは、思ってもいないことであった。

しかしその昼、母は家にいなかった。使用人の話によると、

「今朝がた富士見から電報が届きまして、それを見て奥様はすぐにお発ちになりました」

という。

「光江姉さんに何かあったの」

と聞くと、

「さあ、スグコイ、マツ、としか書いてなかったそうで」

詳細は分からないという。三日経って母は戻ってきたが、安佐子も須江子も結局母に通信簿

を見せずに終わった。光江は淋しくなってあのような電報を打った由、身体の方は回復に向かっているという。関東大震災後の母は、健康第一に思い、試験の点数などはあまり気にしなくなっていて、学校に通う子供としては張りあいがなくつまらなかった。それに安佐子と須江子は、多見子のように家庭教師をつけてもらっていない。それゆえ省線のなかの安佐子の悲しげな顔が、いつまでも心に残るのだった。

兄の妻になったみち子は、日中しばしば麹町の家にきた。そして母に家族のことなどこまごまとしたことを教えられていた。姑として母は、麹町教会を始めとして、家の習慣そして療養中の光江の話をしているようだった。兄も表通りの店に出勤していたが、嫁となったみち子はそちらには行かずほとんど裏の家に、つまり母の傍にいた。その折りも下の三人のことはあまり口にせず、

「長女登紀子夫婦、次女の加也子夫婦と仲良くしてください」

ということが多かった。須江子はみち子が素直に「はい」と答えるのを何度も聞いている。

夏休みになってすぐ、兄夫婦そして義兄一郎夫婦が長野県の霧ヶ峰というところに登山するというニュースがはいってきた。誰が計画したのか。須江子は知らなかった。母は、

「行きがけに、四人で富士見の光江を見舞って、それから近くの登山口からはいるそうだ。途

中にある車山高原は、とても景色が良いところと聞いている」

と話してくれた。光江姉さんも喜ぶだろう、と須江子は思った。


当日は兄夫婦が前夜から麹町の家にきて、早朝に一郎と加也子がきて集合となり、四人は一緒に出発した。晴天であった。もちろん四人とも登山用の服装で、リュックを背負っていた。両親、多見子、安佐子、須江子と使用人たちが見送った。初めて見るみち子姉さんの七分ズボン姿が、可愛らしかった。丸い腰と、むきだしになったふくらはぎが、はち切れそうに見えた。登山帽も良く似合い如何にも健康そうな姿だった。加也子もズボン姿だったが、兄の妻より年上のせいかあまり似合わなかった。一郎はカメラをぶらさげて、そればかりいじっていた。

「高い山に登ると、自然の声が聞こえるかな、と期待している」

と耳に手を添えて微笑んでいた。

須江子は四人の姿が、路地から見えなくなるまで、手を振って見送った。

五日後四人は無事に帰ってきたが、出発のときのような賑やかさはなく、しかも二人ずつ別の時間帯にひっそりと戻ってきて、それぞれの家に向かったという。どうしてそんなことになったのか。母は兄将一からその経緯を詳しく聞かされたという。

「変わり者だとは分かっていたが、まさか大の男が……」そして、「これはまさに、霧ヶ峰吊り橋事件だね」と呟いた。それから母は何かに取り憑かれたような顔つきで、その話をはじめた。父や姉たちも真剣な顔でその話を聞いた。母の口調は、歌舞伎の世話物を見てきた直後、その筋書きを教えてくれるのと同じだった。

「……最初のうちは順調に登山が進んだ、天気も良く先が楽しみだった、と言っていた。それぞれ足はしっかりしていて、遅れるものはいなかったそうだ。特にみち子さんは元気に歩いていた、と。まだ二十歳そこそこの若さだし……」

母は嬉しそうに笑いながらひと息ついた。

「難所を幾つか越えて、景色の良い谷にでたそうだ。一郎さんはカメラのシャッターを、なんども切っていたらしい。谷の端まで歩いて行くと、目のまえに突然吊り橋が現われた。近づいて見ると、いつの時代に造られたのか、たいそう古びた吊り橋だったそうだ」

「吊り橋、ってどんな橋」

安佐子が訊ねる。

「言葉通り、吊ってある橋のこと、木造で森の太い蔓などを絡めて編んであるものもあり、歩くと大揺れして怖いらしい。そのはるか下には谷川の水が流れている」

「お母さん、渡ったことあるの」

「ない」

母は即座に首を振り話の続きをはじめた。

「……一列になって、ゆっくりと渡り始めたそうだ。最初に将一、続いてみち子、次に一郎と加也子が、と足を進めたとき、突然一郎がその橋の入口に四つん這いになって、大声を発した。

〝加也子さん、ぼくはこの橋を渡ることができません。どうか勘弁してください〟

と。

〝まあ、一郎さんどうしたの。そんなこと言わないで、頑張って〟

と尻を叩いて、起きあがらせようとすると、その手を振り払い、後ずさりをはじめた。

〝アイム、チキン、と繰り返しながら……。チキンは英語で臆病者のことを指すそうよ〟

母はそうつけ加える。

それでも妻の加也子は、

〝お兄さんたちが、待っているのよ〟

〝だめです。ぼくはだめです〟

〝さあ、手をつないで、いっしょに〟

〝だめです、ぼくは琴を弾き、曲を作るだけの、人間です。登山には向いていません〟

そう言って泣きだした。その泣き声は大きく、山にこだまするように響いた。加也子には加也子の面子もある。勉強では兄に勝っていた、という誇りもある。

〝ああ、私、どうしてこんな人と結婚してしまったのだろう〟

そう言って今度は加也子が泣きだした。

その様子を見聞きしていた将一が、橋の途中から、

〝悪いけれど、先に行くよ〟

と声をかけた。加也子はハンカチで顔を抑えながら、手を振ってそれに応えた。

それからどうなったのか……、一郎は結局吊り橋を渡らなかったらしい。

夜になって宿泊のホテルに着いてからも、二組の夫婦は同じ食堂で食事を取ることもなく、帰りも別々の汽車に乗ったそうだ……」

と母はその話を締めくくった。

父は途中で退席してしまい、多見子も後に続き、残ったのは母、安佐子、須江子だけだった。

母は、

「ああ、仲が良くなるだろうと思って、いっしょに行かせたのに……」

と言って、天を仰いでいた。安佐子に手を引かれ子供部屋にはいっても、須江子はなにひとつ判断できない状態だった。

〝ババ抜きは下手くそだけど、面白い一郎さん〟と〝吊り橋の手前で四つん這いになって泣く一郎さん〟の姿が結びつかなかった。本棚にある『不思議な国のアリス』の背表紙が揺れて動

くように感じられ、それはまさに不思議な国の話だった。ただ一つ、四人一緒に行かなくても……、別々の旅行でも良かったのに、という思いが湧いていた。

すべては母の話で、目撃したわけでも声を聞いたわけでもなかったが、

〝ぼくは、琴を弾き、曲を作るだけの人間です〟

という言葉と共に、この記憶は今日まで消えていない。

須江子の留年の話が、使用人たちに広まったように、この話も家や店の人たちに伝わった。

成人してから須江子は、縁あって徳島県三好市の友人を訪ねた。そして秘境と言われる祖谷《いや》渓《けい》の吊り橋、かずら橋を渡ることになった。全長四十五メートル、一足一足揺れる板を踏みなんとか渡り切ったが、その直後に撮られた写真の顔が平素の自分とは違って蒼白になり、全身の力も抜けてしまっているのを見て、笑うに笑えなかった。

十四　十二月八日

八月はその騒ぎで終わり、九月の新学期が始まった。九月中は夏服でまだ白い制服を着ていた。気がつくと白地の制服に茶色い髪の毛が映えるレヴァさんの姿が消えていた。最初は何かの都合で欠席が続くのかと思ったが、ある朝、久保田先生が、

「レヴァさんは、もういらっしゃいません。お国に帰られたのです」

と言ったので、それと分かった。須江子はほんの少しではあるが、自分のなかに〝心残り〟があるのを感じていた。〝お国〟とは何処の国なのか、それも知らないままの別れであった。

十月になり制服は黒地になった。父の店、鈴田商店は忙しくなっていた。政府が推進して着ることを進めている〝国民服〟の製造もすることになったからだ。その国民服の色は黒でも紺でも茶でもない、それらを混ぜ合わせたような地味な色であった。須江子は勝手にそれを〝国民服色〟と名づけた。

十一月にはいり授業の方も少しずつ難しくなり、宿題もでるようになっていた。算数や理科のほか作文の宿題もでたが、特に苦にはならなかった。

「書くことがなくて」

と言って嫌がる友達に対して、

「私は、沢山あるわ」

と返すと、

「須江子ちゃんは、ませているから」

と言われた。

〝二の舞〟〝留年〟〝気むずかし〟〝ませている〟など、色々なことを人に言われる須江子だったが、ぼんやりとしていて、人より遅れて大きなニュースを知ることもあった。

木枯らしが吹き、十二月になった。外套を着て通学するようになったが、教室にはいるとすぐにタブリエに着替え、運動場へと走る習慣は変らなかった。

その日の朝、須江子はいつもと同じ運動場の鉄棒のまえにいた。ひとりの友達が近づいてきたので、

「ごきげんよう」

と挨拶をした。

「ねえ、あなた、今日戦争が始まったの、知っている?」

突然の話だった。

「知らないわ」

須江子はそう答えた。

その日は十二月八日だった。日本国民がそれぞれの思いで、午前七時ラジオの臨時ニュース、米英との開戦のニュースを聞いたはずだ。父も母も衝撃を受けたと思うが、店のこと、家のこと、兄のことなど考えることが多かったためか、須江子のまえに姿を現わさなかった。それゆえ須江子はいつもの通り制服に着替え使用人の作った朝食を取り、そのまま玄関をでて〝園〟

に向かった。電車は普通に動き、窓から見える外の景色もいつもと変わらなかった。

従って須江子は〝園〟の大好きな鉄棒のまえで、大東亜戦争が始まったことを知ったのである……。


地下の雨天体操場での朝礼の折、教頭先生がそのことに触れて、「皆さん、心を一つに致しましょう」と言った。教頭はマ・スールではなく、高齢の日本人女性であった。

それから十六日後のクリスマスイヴのミサは、〝園〟の聖堂で無事行われた。

二十五日になって、母は例年通りに鉄製のオーブンで〝鳥の丸焼き〟を拵えた。年に一度のごちそうで、一同は歓声をあげて喜んだ。

母は、

「いつ食べられなくなるか、わからない。骨までしゃぶって味わいなさい」

と声をかけていた。そして年が明けた。

新年の始業式は、雨天体操場から数えると三階に当る広い講堂で行われた。前方の舞台に姿を現わした校長先生は、恰幅の良い日本人マ・スールであった。

「新年おめでとうございます。これから三学期の始業式を始めます」

という挨拶があった。前方の列に並ぶ須江子は、去年の入学式もこんなふうだった、と思いながら、目を凝らし、耳を澄ませた。

校長は舞台の奥に進み、壁沿いに置かれている塗り物の戸棚を静かに開き、なかから同じ塗り物の箱を取りだし、ゆっくりと教壇まで運んだ。この動作を見て、須江子はふと、教会のミサで聖体拝領をするときの、神父の動きを目に浮かべた。白いパン、祝福された聖体は、最初十字架の真下の白い戸棚に置かれていて、それから人々に与えられるのだった。

舞台中央の講壇に運ばれた漆塗りの箱のなかは、もちろん聖体ではなかった。校長が箱を開け、さらに紫の布を開いて取りだしたのは、日本ふうの巻物だった。そして校長はそれを開き読みはじめた。

チンオモフニ　ワガコウソコウソ
クニヲハジムルコト　コウエンニ
トクヲタツルコト　シンコウナリ
……

それは天皇のお言葉、と言われる〝教育勅語〟であった。

明治二十三年に発表されたもの、と母から聞いていたが、ミッション・スクールの講堂で読まれるとは……、それも重々しいやり方で……、思ってもみなかった光景であった。

そして、幼稚園児から馴染んだフランス語が、〃園〃の第一外国語ではなくなることになった。多見子がそれを聞いた日、家に帰って泣いている姿を見た。安佐子も、

「こんなことが、あるなんて」

と空を見あげていた。

しかし須江子は影響されやすい子供であった。その四月に二年生になって、教室も幼稚園舎から離れたところになって、勉強を始めたころ、算数の九九の暗記が始まった。二二が四から、九九、八十一までを必死で覚えているあいだ、ほかの授業も丸のみをしてしまったのか、工作の時間に、担任に繰り返し聞かされた神武天皇の話を、画用紙と糊、そしてクレヨンを使って拵えたのである。

その話は『日本書紀』という本に書かれているそうで、

「神武天皇が東方征伐の折、弓の先に止まった金色の鳶、その鳶の強い光に寄って、敵の眼をくらまして勝利しました。これが日本国の始まりです」

と教えられた。

須江子はその工作の時間、開始と共に画用紙を二つに折り、上を背景に下を地上にしたつもりで茶色のクレヨンを塗り、上半分は空のつもりで水色を塗った。そしてその地上に、白い服

を着て弓を持った天皇を糊付けで立てたのである。さらに天皇の持つ弓の先端には金の鳶を、やはり糊で貼りつけた。その鳶は、日本建国を導いた金鵄のつもりで、黄色と白のクレヨンを混ぜて塗った。金鵄は目立つように少し大きめに切り抜いた。思った通りの工作に仕あがった。それを見て二年の担任教師は、

「とても良く、できました」

と褒めてくれた。教師はマ・スールではなく、いつも洋装で通ってくる人だった。そしてその作品は優秀な工作として、教室の後ろの棚に飾られた。築地に住む乃里江の工作は飾られてはいなかったので、少し嬉しかった。


その四月十八日、東京を始め本州各地に、爆撃機が空襲を敢行する。

その六月、太平洋のミッドウェイ島周辺で海戦が行われ、日本は敗北したと知らされた。

そして夏休みになった。須江子は母と下の姉二人と、新宿駅から汽車に乗って長野県の上諏訪に向かった。電車ではなく〝汽車に乗った〟と書くのは、トンネルを通るまえに必ず〝窓を閉めなさい〟と母に繰り返し言われたからである。窓を閉めないと、煙突からでる黒い煙が充

満し、客車のなかにはいってくるからである。四姉多見子は以前にも上諏訪にきたことがあり、「窓を閉めないと、顔が真っ黒になるのよ」と教えてくれた。いくつものトンネルを潜って、四人は上諏訪駅に着いた。そして諏訪湖に近い〝ぬのはん〟という宿に泊まった。

それは避暑を兼ねた家族旅行でもあったが、近くにある富士見で療養している三姉光江を見舞うためでもあった。その夜は温泉に浸かり、旅館の料理を口にしてのんびりと過ごしたが、翌日は朝食後すぐに富士見に向かった。富士見駅から少し歩いたところに、光江の療養地があった。

そこにはこの日、光江の夫隆も見舞いにきていて、すでに枕元に座っていた。襖を開けたとき、母はそれに気づき一瞬遠慮したようであったが、隆に「どうぞおはいりください」と言われ、四人で入室した。

「だいぶ元気になったようです」

須江子が〝隆兄さん〟と呼んでいる光江の夫は、そう言って近況を色々と話しはじめた。

「ぼくも、いつ召集令状がくるか、わかりませんので」

「嫌だわ、そんな話」

光江は、いつになく甘えた声をだしていた。

「大丈夫だよ、どこへ行っても必ず元気で戻ってくるよ」

「きっとよ」

「ああ、きっと」

そう言って、隆は光江の額に顔を寄せ、口づけをした。光江はそのお返しとして夫の頬に口づけをした。自然の流れであったが、須江子にとっては初めて目にする光景であった。

夕方には上諏訪の宿、ぬのはんに戻った。部屋の窓から見える諏訪湖は、夕焼けの時刻で、柔らかい紅色に染まっていた。

「ああ、きれい」

須江子はその風景を眺めながら、心に浮かんだ言葉を繰り返した。

〝世の中には、色々な夫婦がいる〟

登紀子と晴雄、兄夫婦、加也子と一郎、そして今日見た二人、と。どれもそれぞれ特徴がある。

〝でも、結婚って怖い〟

そう感じながらも、今日の印象から結婚から逃げる気持ちは湧いてこなかった。

夏の終わりと共に〝園〟から消えてしまったものもあった。まず校門のすぐ右手にあった〝よっちゃん〟のパン屋さんが閉店した。閉店セールなどというお祭り騒ぎもせず、ひっそりと幕を閉じた。何度もそのパンを口にした上級生たちは、閉じられたカーテンに向かって手を合わせ、泣きながら祈っていた。

さらに大きなものが消える、というニュースがはいってきた。須江子にとってもそれは信じがたい話だった。

〝園〟の象徴であったジャンヌ・ダルクの像が撤去されるという。

「あんな重たいものを、どうやって動かすの」

「それはまあ、専門家に頼むのでしょう」

多見子はそう言っていた。しかし撤去の理由は、だれも口にしていなかった。工事は生徒が通学する日にはしなかったようで、休日が重なった翌日登校すると、その場所に覆いが被せられて何も見えなくなり、高さもなくなっていた。須江子はしばらくその場に立ちすくんだ。

〝防空頭巾〟というものを作るように、学校からいわれたのは、その直後である。布製で少しだけ綿のはいった被りもので、頭を保護する製品であった。母は家の使用人たちと一緒に、その防空頭巾を手製で作りはじめた。首から肩にかかる垂れの端に、数センチの白生地を縫いつけ、そこに名前と血液型を書くように言われていた。須江子は父と同じA型と書いてもらった。

〝園〟での避難訓練は雨天体操場で行われた。

体操の教師が、

「伏せ」

と言うと、一同は頭巾を被ったまま、床のうえに伏した。

「もとい」

と言うと起きあがった。それは爆弾が落ちたときに取る姿勢と教えられた。

もはや〝園〟の甘酸っぱい空気は消えてしまっていた。

麹町の家でも、同じように避難訓練を行った。商品の羅紗を置く倉庫に地下室があり、そこに降りる練習をさせられた。階段が狭く歩きにくかったので、緊急のとき大丈夫かと不安になった。


その秋、光江の夫隆に赤紙と呼ばれる召集令状が届き、出征した。続いて兄将一にも同じ赤紙が届いた。妻のみち子は妊娠四ヶ月であった。兄将一は須江子に、

「みち子姉さんの、おなかの寸法測って、お兄ちゃんに知らせてくれよな」

と言って家をでて行った。なお、小古田一郎は近眼の度が強いため、兵役を免れる。古書店主の直井晴雄は、自ら軍の嘱託を志願して仏領インドシナ（現ヴェトナム）に行ってしまった。子供の数は五人になっていた。

十五　多磨霊園の遠足

〝園〟から去って行った人々もいる。それはフランス人マ・スールの母国への帰還である。その人々のなかにはマ・スール・ジャン、マ・スール・マリアンジュもはいっていた。前者はフランスに後者はカナダに帰国すると聞かされた。スール・マリアンジュは女学校でもフランス語を教えていたので、別れが辛いと泣きだす女学生が多かった。この人びとは〝少女〟と呼ばれる年代で、〝多感〟と言われる世代でもあった。

当時須江子はその世代ではなく、〝子供〟と呼ばれる世代だった。それゆえ須江子は泣いて別れを惜しむことはなかったが、その少女たちの泣いている姿を、日々見ることになった。それは子供が少女になり、少女が大人になる課程の洗礼の儀式のようでもあった。

〝別れ〟〝別れる〟〝涙〟

それらの体験がこれからあるかもしれない、という暗示でもあった。年が明け四月に三年生になるまで、この涙の別れは続いていた。

三年の教室は二階になり、教師は日々和服を着て教壇に登る柳田先生に変わった。

その四月、みち子は男子を出産した。真一と名づけた。母親似で丸顔の可愛らしい赤子だった。

同じく、昭和十八年四月、山本五十六長官の、飛行中の撃墜死が報道された。

須江子はこの報道のまえから、長官の身分や業績とは関係なく、山本五十六という人物に興味を抱いていた。それは新潟県長岡市に生まれた山本五十六は、父親の五十六歳のときに六男として生まれた子供である、それゆえ〝五十六〟と命名されたと知ったからである。

「私と同じ年寄りっ子だわ。私は六女で、お父さんの五十三歳のときの子供だもの」

そんなことを言いながら、家のなかを自慢して歩いた記憶がある。そしていつものように五姉安佐子に、

「いっそのこと、五十三《いそみ》という名前にすれば良かったわね」

とからかわれた。一般人はそのような偶然が嬉しいものなのだ。それにしても撃墜は衝撃であった。四姉多見子は
「日本軍の暗号が、解読されていたのですって」

と、何処からか聞いていた噂を、そう繰り返していた。続いてアッツ島玉砕の報道がはいり、国民は軍の勢いが弱まったのか、と案じるようになる。

その年の七月一日から、東京市が東京都に変わった。

「本日から、東京市は、東京都と呼ぶようになりました」

雨天体操場での朝礼で、教頭が改まった口調でそう言うのを聞いた。

日々のラジオから聞こえてくる〝大本営発表〟のニュースは続いていたが、三年生の夏休みは無事に過ぎ、二学期にはいってすぐ、柳田先生の口から秋の遠足の地が発表された。

「多磨霊園にまいります。そして山本五十六長官のお墓参りをいたします」

その声に特に歓声があがることはなかったが、戦時中に遠足ができること自体、喜ばしいことであった。その上山本五十六長官の墓参りができる、という。須江子は母に報告した。

「多磨霊園って、つまり多磨墓地のことだろう。良いところだよ、行っておいで」

母はそう言った。

それは東京府中市にある多磨霊園、少しまえまでは〝多磨墓地〟といわれていた場所だった。

その日九段の〝園〟に集合し、それから飯田橋駅から中央線に乗り、新宿を越えてからかなり走り、降車駅にやっと着いたという記憶がある。それから　バスに乗って現地に到着した。

「さあ、皆さん早く降りていらっしゃい。空がとても綺麗ですよ」

先に降りた柳田先生はそう声をかけた。秋晴れの日の午前中であった。須江子は言われた通りバスを降りた。目のまえに赤くなった紅葉の葉が伸びる霊園の門が見えた。緑の葉が重なり、その先の道が広がっていた。

〝お墓にしては明るい〟

それが第一印象であった。その印象は列を組んで門内にはいり、歩くほどに深まった。

〝園〟の幼稚園年少組のころ、母と一緒に、寺の境内にある墓地に行ったことがある。それは母の実家の墓と聞いていた。確か〝にっぽり〟という省線の駅の近くだった。墓地から駅のホームが見えたので、

「あれは、なんという名前の駅?」

と聞くと、

「にっぽり」

という答えが返ってきた。その発音が可笑しく聞こえた。

「嘘、そんな名前の駅、あるはずない……」

と笑うと、母はいつになく、

「親の言うことを、信じないのかい。謝りなさい」

と怒った。墓のしたに眠る実家の両親と会話をしている最中だったのか。幼き日々を思いだしていたのか。それ以来〝日暮里〟という駅名は頭に刻まれた。

その寺の境内は狭く、日当たりも悪かった。母の怒りの記憶と共に、墓地は〝暗い〟もの、

という印象が残ってしまっていた。

「ここは公園墓地とも呼ばれています」

と説明する柳田先生の言葉通り、広さがあり、墓の区画も整理されているように見えた。

入口からかなり歩いて、山本五十六の墓に到着した。

「さあ、着きました」

という先生の声と同時に、一同は驚きとも感嘆とも判断のつかない、妙な声を発していた。その墓は広場の中央、その円形のなかにあり、死後数ヶ月でまだ石碑ができていないのか、一本の樹木をそのまま使ったような白木の墓標が、天を突くように立っていたのである。広場はかつてジャンヌ・ダルクの像が建っていた〝園〟の校庭ほどの大きさに思えた。白木には墨の色も鮮やかに、

〝山本五十六元帥の墓〟

と書かれていた。死後元帥に昇格したのだろう。そのまえには菊の花束が活けられていて、良い香りが流れていた。青い空の彼方には飛行機が飛んでいるのか、エンジンの音が聞こえていた。

〝白木〟〝墨の色〟〝青い空と日の光〟

いくつもの色が、須江子のまえで揺れ動いた。

「さあ、皆さん、死者のためにお祈りを捧げましょう」

先生の声と共に、一同は十字を切った。白木の下の土に眠っているのは、間違いなく死者であったが、暗いと思っていた墓にしてはその広さと明るさが須江子を混乱させた。しかし明るさは須江子を勇気づけてもいた。

「こんなお墓、初めて見たわ。何だか勇気が湧いたみたい」

帰り道を歩くとき、そんな言葉を口にしていた。飛行機の音はまた聞こえていた。


遠足は無事に終了し、授業が始まり初めての国語の時間、柳田先生は冒頭に言った。

「先日の遠足は、如何でしたか」

生徒はそれぞれ手をあげて、思ったままの感想を述べた。先生は一人ひとりの言葉をじっくりと聞いてから、

「それでは来週のこの時間までに、多磨霊園遠足の感想を、作文に書いてきてください。これは宿題です」

と言って、用紙を配りはじめた。見るとそれは桝目のある用紙だった。突然のことで桝目を数えることはできなかったが、恐らく二百字の用紙だったと思う。二枚ずつもらったが、

「もっと欲しい人いますか」

と言われ、須江子は手をあげた。一枚増えて合計三枚になった。

家に帰り、その作文を書きはじめた。それは一気に書きあげたような気もするが、丁寧に一語一語ずつ書き記した気も〝文を作った、嘘も混じった〟という気もする。自分自身でも不思議に思える作文であった。たとえば、霊園にいるとき、飛行機のエンジン音は二度聞こえた。一度目は高く飛んでいた音だった。二度目のエンジン音を書くとき、須江子は〝今度は低く飛んでいた〟と書いた。その方が桝目用紙の世界では、面白く思えたからだ。できあがった作文は翌日柳田先生に提出した。

次の国語の時間、入室してきた柳田先生にすぐに声をかけられた。

「鈴田須江子さん、良い作文を書きましたね。さあ、皆さんのまえで、この作文を読んでください。皆さん聞いてくださ い。題は〝多磨霊園の遠足〟です」

言われるままに、立ちあがってその作文を読みあげた。胸の動悸は高まっていたが、〝良い作文〟という言葉に反論はなく、自然に受け止めていた。

それは母に、

〝幼稚園をもう一年おやりなさい。多見子姉さんの二の舞を演じないように〟

と言われた春から、三年半経った秋のことで、初めて感じた喜びでもあった。

十六　何もかも灰になる

その年の暮れから翌十九年にかけて〝園〟では〝疎開〟という言葉が聞かれるようになっていた。人口や建物の密集している都会から、それらを分散させるという意味の言葉である。麹町の家のなかでその話は具体的になってきていた。父は高齢であったので、早くから自分の隠居所として茨城県南部の利根川のほとりに家と土地を買っていた。暢気な隠居生活とは違っていたが、それらは絶好の疎開地ともいえた。そういう場合を〝縁故疎開〟といい、疎開地が見つけられない家庭の生徒に対し、学校側は〝集団疎開〟という方法を取っていた。戦況はそれほどひっ迫しているのだった。

その意味で恵まれていた須江子は、四月に四年生になってすぐ〝園〟に転校届を提出し、茨城の原清田村国民学校に移った。別れの挨拶は担任教師のいる教室であったので、泣き別れなど特に大騒ぎをすることもなく、形式的に終わった。残された生徒たちも、この先どうなるか、という不安を抱えていたと思う。

大変だったのは、東京都麹町、小石川、神保町などに分散した鈴田一家の引っ越しであった。出征している兄将一の妻と息子、そして安佐子と須江子は、もちろん母と一緒に原清田村十里という部落の家に……、〝多見子の二の舞を演じるな〟の張本人多見子は女学生として、パラシュートの紐を作る工場に動員されていたので、父と麹町に残った。しかしある日の帰り道、原因不明の煙が充満する騒ぎに巻き込まれ、元々悪い目をさらに傷めたといい、一人遅れて茨城の家にやってきた。工場の仕事もかなりきつかったと、ハンカチーフを握りしめながら話していた。

さらに長女登紀子と五人の子供は、隣村の長竿村に……、戦地に行かなかった小古田一郎と妻加也子は、一つ置いて先の平三郎という名の部落に……、病後の光江については、夫隆の両親と協議をしたが、結局原清田村に引き取る……ということになった……、のである。小石川の家の管理人になっていた坂本とおせい夫婦は、おせいの実家、横須賀長井に疎開した。最後に父が麹町の店と家を無人にして茨城にやってきた。

「店と家をでるとき、お父さんは再びこの風景が見られますように、と手をあわせてきたそうだ」

母はそう言って同じように合掌していた。

新しい家から学校まで歩いて片道四十分の地に住み、茨城弁の子供たちと話すようになったが、それも仕方のないことだった。農家の人は、南瓜や茄子など、食料を運んできてくれることもあった。家の目前には利根川が流れていて、土手に登ると見晴らしが良く、夜は天の川が綺麗に見えた。川魚が釣れると、それらは食料の助けにもなった。母は昼間、向う岸の千葉県に向かって立ち、その右手を指差して、

「東京はあの方角だからね、ああ、我が故郷東京よ」

と言って手をあわせていた。

〝東京の方角〟

その言葉は須江子の耳に残った。

一年後の三月から、その東京の空が真っ赤に燃えるようになるとは思ってもいなかった。その三月の東京下町の大空襲により、兄の妻みち子の、日本橋浜町の実家が焼失した。

そして五月の東京山の手大空襲により、麹町の店も家も全て灰になった。茨城から列車に乗り、父と現場を見に行った母は、その焼け落ちた地を見て、泣き崩れたという。

「この場所で、私たちはゼロから出発したのに……」

姉たちもその話を聞いて泣いていた。須江子も一緒に泣いたつもりであった。しかしそのうちに、

「須江子は泣かなかった」

という声がでて、家のなかに広まった。

毎夜利根川の土手から、真っ赤に燃え続けた東京の空を見ていたのだから、いつか麹町の家

は焼けてしまうと思っていた。いや、思わされていた、のだと思う。泣かなかったのはごく自然の流れだった。

　同じ夜に、九段の〝園〟も焼け落ちた。コンクリートの部分は、形だけ残って、人びとはそれを〝焼けビル〟と呼んだ。広島と長崎の原爆投下のニュースも、八月十五日正午の、天皇のお言葉も、この地で聞いた。


　焼けビルになった〝園〟に戻ったのは、昭和二十一年の五月だった。父が高血圧症を患っていたので、それらの事情で少し遅れた。

〝園〟は、その校舎に即製の机と椅子を並べて、授業を開始していた。須江子は下の姉二人と一緒に、千葉県市川市の加也子の家に預けられていた。

〝留年〟という言葉が、ここでまた再燃した。疎開先で、十分に教育を受けられなかった子供たちが、戦後もう一度、同じ学年で学びたいと、学校に申しいれる、というかたちである。そのなかに、かつて築地に住んでいた渡部乃里江と、いっしょに修道院の風呂場を見た田坂ゆう子の姿があった。須江子は村立学校で十分に教育を受けたとは思わなかったが、もう留年はこりごりと思っていた。ゆう子は再び同級生に、やっと再会した乃里江とはまた別れてしまった。

　人との別れをさらに加えれば、〝離婚〟が二件あった。戦後の混乱期、仏領インドシナから戻った直井晴雄と登紀子が離婚し、それに続いて、小古田一郎と加也子が離婚をした。

「晴雄さんは子供が五人もいるのに、闇米を一度も買わなかった」

子供を飢え死にさせるわけにもいかず、母は陰でその援助をし、登紀子はその頑固さに愛想を尽かしたという。

「カトリック信者は離婚をしないという規律も、戦争には勝てなかったねえ」

と、溜息をついていた。

小古田一郎は、戦後市川市に移ってから、箏曲演奏、作曲家の先の見通しがないまま、闇市で酒を飲み、女遊びもして夫婦喧嘩が絶えなかったという。どちらも第三者が見聞きした話で、当人同士の気持ちは分からなかったが、すでに十代になっていた須江子には、架空の映画や芝居の話よりも、身に迫る話だった。こちらも母は、

「戦争のせいだ」

と怒っていた。

このころになると、母に言われた、

〝二の舞を演じるな〟

という言葉を、どう解釈して良いのか、まったく分からなくなっていた。

多見子は疎開地で一度赤痢に感染したが、それも無事回復した。

兄と光江の夫隆は無事に戦地から、復員兵として帰還した。二人の妻はそれぞれ嬉しそうに、夫を出迎えていた。それらの背中も遠見で眺めて、少女時代を迎えた須江子なのであった。

十七　戦後

父は疎開先で脳梗塞を発症して、半身不随になった。軽トラックの荷台にその父を乗せて母が鎌倉に移ったのは、昭和二十二年の五月からである。多見子、安佐子、須江子の三人は市川市から鎌倉の家に合流した。そして九段の白薔薇学園まで遠距離通学をするようになる。

鎌倉というと、現在は観光地として知られているが、当時はかなり風紀が乱れていた。横須賀市に米軍基地が置かれて以来、将校下士官の住居地として、鎌倉、逗子、葉山などが使われるようになっていた。鎌倉駅周辺には〝闇市〟が並び、海岸近くにはダンスホールも造られ、米兵とその腕にぶらさがる女たちの姿も見かけるようになった。家の近所に米兵に部屋貸しをしている家もあり、戦前の避暑地とは空気の違う街になっていた。

須江子は姉たちと一緒に五時起きをして、六時台の横須賀線に乗って九段に向かった。

そんなある日、朝礼の折中高の校長が変わったことを知る。前任者はかつて講堂で教育勅語を読んだマ・スール、そして新任の校長はマ・スールでもある、間島ヤスエ先生であった。

新校長は、壇上に立って挨拶をした。戦時中は山梨県に疎開していたと聞いていたが、緊張感を与える印象は変わらず、落ち着いた口調であった。それに比べて、引退する前校長は修道服が暑いのか汗ばみ、発する言葉もとぎれがちであった。

須江子はそのとき、間島先生の力、そして運の強さを感じていた。同時に自分としては窮屈な学校生活が始まる予感を覚えていた。運命とはいえ、生まれた家とこの〝園〟との縁が深いことを、戦後になってさらに知らされたからである。上級生たちは、前任の校長が何故辞めたのか、もしかすると辞めさせられたのかもしれない、などあれこれと想像して話していた。

母は「面倒を見た甲斐があったね」と言って、寝たきりの父に報告していたが、父の反応は頷く程度のものだった。

翌日須江子は、母が用事で外出したあと、押しいれから古いアルバムを探しだし、ページをめくった。中ほどに私服姿の間島ヤスエの写真が二枚貼られていた。それは夏の日の、由比ヶ浜の写真であった。……こんな日々もあったのか……、しばらく眺めていた。

母の足音が聞こえないうちに、アルバムは元に戻した。何故そのようなことをしたか理由は分からなかったが、〝力〟に対抗しようとしていたのかもしれない。それから十年ほど経って、カトリック作家グレアム・グリーンが、父親がパブリックスクールの校長であった学生時代、とても苦しんだという伝記を読み、共感と同時に安堵を覚えた。以来、グリーンの作品を読み続けている。

暮らし向きも厳しくなっていた。近所に米兵への部屋貸しを仲介する業者もいたが、母は、

「家には未婚の娘が三人おりますので」

と言って断っていた。

一階の奥の部屋が病人の父と介護をする母の部屋になっていて、他の二部屋を茶の間と姉妹の部屋として使っていたので、二階を人に貸すことはできたのだが……、富士見の療養所から荻窪の婚家に移っていた光江が、鎌倉にくるという話になり、夫隆と一人娘を連れて引っ越してきて、当面、部屋貸しの話はなくなった。

そして光江は敗戦から五年目に、その二階で亡くなった。隆と娘はその後でて行った。

須江子は高校生になった。その春、やはり宿題に書いた作文を教師に褒められ、立ちあがって読むように言われた。読みたくない気持ちもあったが、

「題は〝春の午後〟です」

と言って読みはじめた。

自分ではありきたりの日常を書いたつもりだったが、終わりまで読むと、教師に、

「緊迫感があります。そして家族への愛が籠められています」

と言われた。

それは、多見子の発病を母に聞かされたときの、衝撃を書いた作文だった。

〝学校から帰宅したある日、玄関を開けたときから、家の空気がいつもと違うのを感じていた〟

そんな書きだしだった。しばらくすると茶の間から母に「須江子こちらへきなさい」と呼ばれた。

〝その声に飛びあがった〟と書いたところが良いとも言われた。須江子は母の口から、多見子のレントゲンその他の結果を知らされた。

「分かりましたね」

「はい」

亡くなった光江から感染したと思われたが、母は光江の名を口にしなかった……。

それは褒められても嬉しくはない作文であった。季節からいえば、これから第二部の三人娘がどうなっていくのか、楽しみでもある早春のできごとであった。

須江子はまだ十六歳であったが、多見子は二十一歳、安佐子は十八歳の年であった。

その二年後、安佐子が姉の多見子より先に結婚した。横須賀線車中で司法試験勉強中の男性石田と知り合い、応援をするようになったらしい。その男性は一浪したが二年目に司法試験に合格し、安佐子にプロポーズをした。安佐子はそれを受けいれた。第二部の姉妹にも、第一部の姉妹と同じ波紋が広がったのである。

石田と安佐子の結婚式の当日、多見子の病は快方に向かい、日常生活に戻っていた。和服をきちんと着て、冷静さを保とうとしている様子だった。傍目にその気持ちは分からなかったが、教会でも式場でも眼鏡を外したり、またかけたりしていた。コンタクト・レンズのない時代、眼鏡を気にする女性が多かった。結婚後石田と安佐子は家の近くに住み、休みの日は家を訪れた。母が客好きであったので石田の友人たちも訪れるようになっていた。そのなかに独身の男性は数人いたが、多見子の結婚相手は、見つからなかった。

やがて寝たきりだった父が亡くなる。その後母は部屋貸しをして六年間生きた。母がまだ生きているうちに、多見子は鎌倉で水商売を始めた。母とは顔馴染みでもある近所の女性が営む洋風酒場で働くようになる。本人も希望をしていてやむを得なかったのだと思われる。

母の死後相続問題が生じていた。家長制度のあった古い憲法のもとに育った兄将一は、小石川の家、鎌倉の家その他の一人相続を主張する。対立するのは次姉の加也子を代表とする妹たちであった。将一とみち子とのあいだに四人の子供が生まれていた。やがてその対立は裁判へと発展する。

多見子は母の死後、故郷麴町に近い四谷に引っ越し、そしてまた酒場勤めを始め、五十歳まで働きながら独り暮らしをしていた。

その年の大晦日、東京四谷お岩稲荷近くのアパートで孤独のうちに亡くなり、隣室の住人に発見される。元日の朝に、加也子から連絡がはいり、須江子は駆けつけた。加也子は箏曲教師を続け、その活躍が認められ秋の芸術祭で奨励賞を受賞していた。そして多見子の無計画な生き方を何度か注意したが、聞きいれなかったという。

遺体はその後検死のため、監察院の車で運ばれていった……。当時、年上の縁者は見送らないという決まりがあり、加也子は陰で力を発揮して、妹の安佐子と須江子がその車を見送った。発車直後、ほんの一瞬、かつて母の炊いた赤飯が目に浮かんだが、すぐにそれは消えた。辺りは暗く冷たい風が吹いていた。神の〝思し召し〟はほんとうにあるのだろうか。そんな気持ちが湧いていた……。

須江子は二十四歳の秋、私立大学出身の倉田泰男と結婚した。仏教徒の家だったが、由比ヶ浜カトリック教会に近いところに住んでいた。当初未亡人の姑、義弟と一緒に暮らしたが、五年後に姑は病死し、六年後に義弟は結婚し、家をでた。男子一人、女子一人の子供を産み育て、六十三年連れ添った。その間姑から受け継いだ古い家を建て直し、ローンの支払いを続けた。二人の子供をそれぞれの母校に入学させて、その学費を納めた。泰男は温和な性格ではあったが、酒飲みで酔いつぶれることがあった。その姿は、岸壁に打ち上げられた〝死んだクラゲ〟

のようであった。

〝離婚したい〟瞬間的にそう思ったことは何度かある。しかし、嫁いだ家をでていくことはなかった。戻っていく家もなくなっていた。

実家の相続問題はようやく決着し、須江子は兄に呼ばれ、東京神田須田町の店に行った。兄は相変わらず不機嫌な顔で、

「末っ子なのに、一人前に相続か」

と言って封筒にはいった金を渡してくれた。なかには一万円札が三十数枚はいっていた。多いとか少ないとか考える余裕はなく、受け取りの署名をしてすぐに店をでた。母の生まれ故郷である神田の街を歩きながら、

〝末っ子でも一人の個人、多くの体験も私だけのものだ。この思いは書くしかない〟

と呟いた。

須江子はその金で自動車教習所に通い、運転免許証を取得し安い中古車を買った。泰男には軽い色弱の症状があり、一度教習所の検査で不合格になり、以来教習を拒否していたので、

〝それなら私がハンドルを握って子供たちを乗せて走りたい〟

という願望が湧いていた。

婚家は路地の奥にあり、バックを続けたあと、縦列駐車で車庫いれをする。先ずその技術を

習得しなくてはならない。須江子は毎朝四時起きをして、人の通らない路地でバックの練習をした。お陰でバックはタクシーの運転手に褒められるほど上達した。

須江子は一度、夜更けにハンドルを握って家出をした。それはかつて同居したこともある義弟が金銭トラブルを起こし、刑事事件になったときのことである。いっとき義弟は行方をくらまし、債権者が兄の泰男に「支払え」と言ってきたこともある。泰男はパニック状態になり、弟を責めるどころか酒を飲み、「一門に傷がつく、なんとしても助けたい」と言いだしたのである。そのころ泰男は、亡父がかつて社長を務めていた親族会社〝倉田商店〟で働くようになっていた。

「どうやって助けるの」

「全財産を投げ打っても」

その口からは酒の匂いが感じられた。その瞬間、須江子はかつて孤独と戦った麹町教会の〝告解室〟を思い浮かべていた。

「罪は、それぞれ個人のものでしょう。教会で教えられました」

と反論しても、

「〝罪九族に及ぶ〟という、昔からの言い伝えもある」

という泰男の答えがあり、結論がでなかった。

……このままでは、子供たちにも影響が及ぶ。いや、この家にいられなくなるかもしれない……。

引き留める声のなか、アクセルを踏み、鎌倉市乱橋材木座から、浄明寺の紅葉ヶ谷にあるカトリック墓地まで走った。停車した場所は、両親の墓地入口に近い、狭い道路であった。全身が怒りで熱くなっているとはいえ、谷沿いの墓地の方角が漆黒の闇に包まれているのに恐怖を覚え、身体が震えた。墓のまえで死ぬ気は毛頭なかった。……まだやりたい仕事が残っている。停車中の車内でじっとしているうちに、いつか手を合わせて祈っていた。三十分ほど経ったろうか。時間と共に気持ちが落ち着いた。そしてUターンして戻った。

泰男は案じながら、待っていたのか、

「帰ってきてくれて、ありがとう」

と頭をさげた。すでに酒の匂いは消えていた。須江子は、泰男に気持ちの変化があったことを感じ取っていた……。

〝二の舞を演じないように〟

という言葉の意味は、何があっても〝生きろ〟ということだったのか。言葉はそのまま〝母の愛〟として心に残る。母は〝神の愛〟によって生きた。残された時間、それが娘の須江子にどう働くか。

終章

二〇二四年七月、パリオリンピックが開催された。開会式の日、セーヌ川上の船のパレードがテレビ中継された。川を船で走る各国選手団の入場は珍しく、須江子の眼は画面に吸いつけられた。それは初めて観る風景でもあった。

〝フランス、フランス〟

という声が海を越えて聞こえてきた。

日本の選手たちを乗せた船も通ったが、須江子は、〝フランス〟という声だけを聞いていた。パレードがなかほどになったころ、大きな〝後悔〟が生まれていた。

……それは、あの幼稚園時代から、マ・スール方が母国に帰ってしまってから、フランス語の勉強をしなくなったこと……。

戦後の混乱期、総司令部の方針もあり、学校の第一外国語は英語になった。さらに、

〝カム　カム　エヴリバディ……〟

という歌と共に、ラジオで英会話放送がはじまったことから、若者たちは英語の勉強に走った。須江子もその一人で、その歌を大声で歌い、さらに原作本のある『誰がために鐘は鳴る』

『風と共に去りぬ』などのハリウッド映画を夢中で観た。

セーヌ川を滑走する最後の船には、フランスの選手たちがぎっしりと乗り、手にした旗を振っていた。岸辺に立つパリ市民の顔も見え、去って行ったマ・スールたちの顔が浮かんだ。画面から平和の香りが漂ってくるように思われた。須江子は、長い空白を埋める気持ちで、その画像に向かって声を発した。

「ボン・ジュール」

【参考文献】

『フランスのこどもの歌　50選』――読む楽しみ――　三木原浩史（鳥影社、二〇二一年）

『生きることと考えること』　森有正（講談社現代新書、一九七〇年）

『二十一の短編』グレアム・グリーン選集（7）　グレアム・グリーン／青木雄三・瀬尾裕訳
（早川書房、一九五七年）

その他

あとがき

すべての人間には幼児期がある。そして大人になってからその日々を思いだし、心の糧にしたりもする。もちろん書く人もいる。しかし私は長いこと、幼児期の記憶と大人の自分とのあいだに、距離を置いてきた。その理由は、昭和二十年五月、東京山の手大空襲によって、生まれた家が全焼し、その土地も接収されてしまったからである。十代の日々、茨城、千葉、神奈川を転々とする。後ろを振り向いて泣いていたら、前には進めなくなる。やむなく記憶に大きな布を被せてしまった、と思われる。

今回の作品によって、その布が取り払われ、幼児期という〝不思議な国〟にはいっていかれたことは夢のような話といっても良い。これも歳を重ねたお陰なのか。参考になった書物は、カトリック作家グレアム・グリーンの少年期を書いた短編群であった。〝幼年時代〟という観念はグリーンの全作品のいたるところに現われ、重要な意味を示してくれる。

……幼稚園年長組を、病気でもないのに留年する……、という話はこれまであまり聞いたことがない。しかしその体験がこの作品主人公の出発点だったのだ。しかもその幼稚園は、明治十一年に日本を訪れた三人のフランス人修道女によって開設されたという、フランス系女学園（ミッション・スクール）付属幼稚園だった。主人公は第八子の末娘、両親はすでにカトリック信者になっているので、母の腕に抱かれて幼児洗礼を受ける。

外国人神父による公共要理の勉強からはじまって、両親兄姉、それぞれの配偶者、縁のあった修道女の教師、使用人たち、その他大人との葛藤があったのは当然のことであった。それらの事件が如何に少女の眼に、いや五感に吸収されたか。

詳しくは本文を読んでいただきたい。

令和七年二月初めにまた一つ年を取る。前回『青あらし』刊行の折〝これが最後の作品〟と書いたが、今回は書かない。その言葉は神が決めること、それ以外にない。

毎回お世話になっている、出版社田畑書店の大槻慎二氏に心より感謝の気持ちをお伝えしたい。そして初の装丁者になってくださった版画家の鈴木君子氏のご尽力にお礼を申しあげる。

令和七年一月

庵原高子

庵原高子（あんばら　たかこ）
1934年、東京市麴町区（現東京都千代田区）に羅紗商人の第八子として生まれる。大家族に揉まれた強さもあるが、周囲に流される弱さもある。53年、浪人中に大学進学を諦めたのもその一つ。暗黒の日々を送る。白百合学園高校卒。54年、里見弴氏が顧問を務める劇団鎌倉座に入団。小説はそれ以前から書いていたが、56年、第一回中央公論新人賞に応募し、予選通過作品として名前が載り、粕谷一希氏より電話をもらう。58年、「三田文学」に「降誕祭の手紙」を発表。「文学界」11月号に全国同人雑誌優秀作として転載される。その年、結婚。翌年、同作が第40回芥川賞候補となる。同候補の山川方夫氏と知り合い、小説の指導を受けるようになる。61年、「三田文学」に6回にわたり長編「地上の草」を連載する。終了直前に妊娠に気づくが、書き続ける。妊娠中毒症になるも翌年無事出産。以後、育児と家事に専念し、創作から遠ざかる。89年、慶應義塾大学通信教育課程に入学。91年、坂上弘氏が編集長を務める「三田文学」に、30年ぶりに「なみの花」を発表。95年、慶應義塾大学文学部英文学科を卒業。97年に小沢書店より『姉妹』を刊行。2005年に『表彰』を、13年に『海の乳房』を作品社から刊行。18年、田畑書店より『庵原高子自選作品集　降誕祭の手紙／地上の草』を、20年、『商人五吉池を見る』を、21年、『ラガーマンとふたつの川』を、23年、『波と私たち』を、24年、『青あらし』を刊行する。（著者自筆）

田畑書店

〝二の舞いを演じるな〟物語

2025年2月25日　印刷

2025年3月10日　発行

著者　庵原高子《あんばらたかこ》

発行人　大槻慎二

発行所　株式会社 田畑書店

〒130-0025　東京都墨田区千歳2-13-4　跳豊ビル301

tel 03-6272-5718　fax 03-6659-6506

装幀・本文組版　田畑書店デザイン室

印刷・製本　モリモト印刷株式会社

ISBN978-4-8038-0457-7 C0093

定価はカバーに表示してあります

落丁・乱丁本はお取り替えいたします